嘿！今天也请全力以赴

HEIJINTIANYEQINGQUANLIYIFU

南风北至 / 著

大鱼
有爱的青春陪伴者

百花洲文艺出版社
BAIHUAZHOU LITERATURE AND ART PRESS
战略合作伙伴

·作者简介·

ZUOZHEJIANJIE

南风北至

NANFENGBEIZHI

| 小 花 阅 读 签 约 作 者 |

别的小姑娘都是要命型，

我是玩命型（傲娇脸）。

所以我会玩命地写更多的故事，

把岁月里遇到的所有美好都给你们。

代表作：《嫁给小爱情》《浓雾里的我和你》

前言 /

献给在成长路上奔跑的你

开篇的时候，其实我是没什么底气的，我的学生时代其实在我心里枯燥得就像是《五年高考三年模拟》里公式化的题目，还有解析。

那时候的我有点像书中的丁若莹，有一份骨子里不服输的倔强，以及时杳杳式渴望被认可的期待，还有一点点陆晚嫦的明明在意得要死偏偏要做出一副本仙女不屑与你们凡人打交道的讨人厌的清高……

所以，有一些社交恐惧症的我，并不敢参与在人群里，但是不得不说，打心底里我是很羡慕那些在人际交往里能够长袖善舞的人，他们看起来朋友那么多，每天都笑得比盛夏的阳光还要明媚刺眼，我想，我是渴望像他们那样的。

在码字期间，当我回过头再去思考的时候，回想故事情节我会生出很多感叹，每一个人生活在这个世上都是迥然不同的独立的个体，他们思考的方式会因为他生长的环境不同而千变万化，这就是他们之间矛盾激化的点。的确会有十分讨人厌的时候，因为他们不完美，他们不是圣人，也不是故意如此，都是十几岁的年纪又有什么深仇大恨?

回想自己这个年纪的时候，也做过许多不理智的事情，因为那就是青春，一个不断犯错，然后弥补的过程。

青春时期的我们，不明白那么多大道理，没有那么固定的观念，很多时候都是随心而至，善良而且宽容。

所以，在我的故事里，就是这样一群单拎出来每一个性格都带着点缺陷的，却可爱的人，在不断磨合之下，终于成了让彼此信任的、可以交心的朋友，也会朝着统一的目标去奋斗和努力。

在前行路上不是一个人孤军奋战，彼此间有一个肩膀可以依靠，真的是一件很幸福的事。

希望看故事的你们，也可以像他们一样，前行路上有陪伴，谨以此献给，在成长路上奔跑不停歇的你。

南风北至

目录

CONTENTS

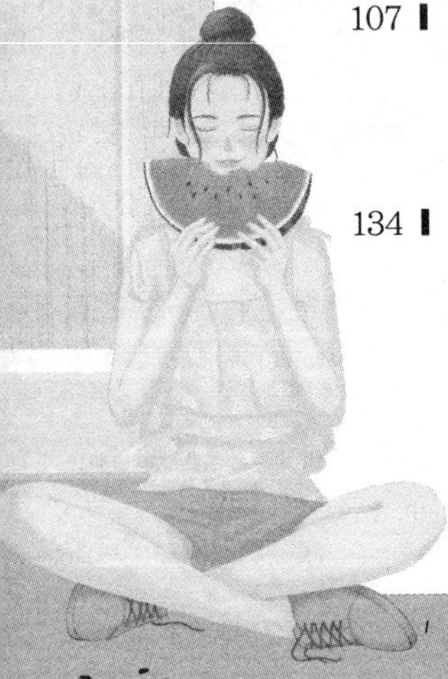

INTIANYEYAOQUANLIYIFU

第一章

蒙尘的荣誉啊，
迟早会有绽放的一天。▼

1

春寒料峭，时杳杳抱着一摞传单，穿梭在人来人往的街头，重复着以“你好”开头，以行人匆忙避开的背影作为结束的动作，来往间带起的风，吹落她故意说得极快的话，轻飘飘地消散。

那张薄薄的纸支棱在半空中，正中央是硕大的“研武堂”几个大字，散发着粗糙的油墨味，劣质的印刷让那些鲜艳的颜色染花了她的指尖。

“研武堂”是时家的武馆，是时父的命根子，现在也是他的烦恼，因为现下传统武术并不流行，已经没有多少人愿意学那些古板又没有美感的招式了，每年招收的学生越来越少……

时杳杳觉得可能也是这个原因所致，今年没有排得满满的魔鬼训练，没有来自全国各地的武术比赛的赛程指导……在时杳杳十多年的记忆之中，从来没有哪一年的假期时光，像今年一样悠长，用丁若莹的话来说就是“偷得浮生半日闲”，也诚如她所言，这悠闲就像是“偷”来的一般。

就好像那些曾经被她抛在脑后的悠闲时光，被时间剥离出来充斥在现在虚度，她说不上好不好，只是有些不真实，还有些失落。

“瞧一瞧看一看啊，研武堂春季大招生……”张衍的吆喝声打断了时杳杳的思绪。

张衍是被他在外打拼的爸妈以一种托孤的形式送到武馆来的，说是男孩子学点武功强身健体。

时杳杳却觉得，除了他父母忙于生意之外，最主要的还是因为张衍从小在这一片就是“远近驰名”的混混，天不怕地不怕，除了有武傍身的时父之外，几乎没有旁人能够镇得住这个小霸王，所以他的父母无奈之下才将他托付给了自己阿爹。

“……学成以后绝对文成武德泽被苍生，拳打南山敬老院，脚踢北海幼儿园，那是千秋万载一统江湖啊……走过路过不要错过……”

那边，张衍还在扯着粗犷的嗓音喊得铿锵有力，如果忽略他吆喝的内容的话，确实是十分卖力。

“你这都是胡说八道些什么！”时杳杳气急败坏地拉住他，“张衍，你再捣乱我就告诉阿爹，让他收拾你！”

“小师妹！”张衍的这个称呼让时杳杳忍不住额角一跳。张衍在情分上算是时父的“入室弟子”，如果是从小就这么称呼没有错，但张衍自从上个学期一发不可收拾地爱上《笑傲江湖》之后，就常常抽风，每每这么叫她还自带一股子哀怨味，让她浑身鸡皮疙瘩都起来了。

“停停停，有什么话你就说，少跟我来这套！”时杳杳看着张衍讨好地靠过来，有些嫌弃地一把推开他。从小到大，张衍但凡有求于她，基本上都是这么个德行。

“小师妹就是爽快，”张衍豪气万丈地揽住她的肩，“就是……就是我们那个篮球队嘛，不是和北七有一场篮球赛嘛，咱们明年不就高三了，就没法打比赛了，所以这次不管怎么样都绝对不能输！你说是不是！”

时杳杳听到这里已经明白了他想说什么，看着张衍激动地拍着腿的样子，挑着眉等着他的后话。

张衍见她这样反倒有些不好意思开口：“所以……所以，今天下午……”

“好了好了，男子汉大丈夫，婆婆妈妈的，你知道我什么时候回武馆，你迟到我可不等你啊。”

“师妹英明！”张衍狗腿地拍着时杳杳的马屁。

“赶紧滚蛋！”

白鹿洞私立中学，校长办公室。

陆岐安背着手站在窗前，初春的空气中带着些湿漉漉的水汽，弥漫在空荡荡的校园里，他总喜欢站在这里看着这个他守护了几十年的校园，他闭上眼，耳边就好像响起了往日课间里孩子们喧闹的声音。

徐相长坐在一边的沙发上，有些摸不准陆校长假期把他叫来办公室的目的。他的目光时不时地瞥向窗边，就好像学生时期第一次被还是班主任的陆岐安叫来办公室的时候一样，心情复杂而忐忑。

随着时间一点一点地流逝，他越来越坐立不安，他的心伴随着陆岐安时不时的叹气声，高高吊起，直到办公室内又归于平静才安稳地落回原位。

实在是太折磨人了，徐相长没想到直到十六年后自己还被陆岐安吃得死死的。

兀自挣扎了半天，徐相长率先开口：“陆校长，您找我过来是有什么事吗？”

窗边的陆岐安像是才想起办公室里还有一个人：“啊，相长啊，我们认识也有将近二十年了吧……”

“校长，您有什么话就直说吧。”

“不急不急，想当初我带你们班的时候啊，你也是这么急躁，现在一转眼已经二十年过去咯。”陆岐安语气颇有些埋怨，隐隐还有怀念。

徐相长有些语塞，他觉得额角有些疼。

“对了，你跟班上的老同学还有联系吗？他们过得怎么样？”陆岐安在徐相长对面坐下，看到徐相长略诧异的神色，笑呵呵地解释，“你知道，人啊，年纪一大就越来越喜欢回忆过去的事、过去的人……”

“都挺好的……”徐相长只说了这么一句就不再说话。念书的时候，他在班上人缘向来差，陆岐安不是不知道，那么陆岐安想问的就是那个人的情况吧……

想到那个远在美国的人，徐相长神色一黯。

“相长，你还在怪我吗？当年的事我也是身不由己……”陆岐安将鼻梁上的眼镜向上抬了抬，镜片后的眼睛里闪过一丝睿智，紧接着长长地叹了口气。

这句话轻得就像是喟叹。“身不由己”这四个字，每一个字都无足轻重，每个字却又像卷着千钧之力的巨石，狠狠地砸在了两人的心上。

徐相长知道那种感觉，那种无能为力，所以时至今日，他想起那个人的时候，心都疼得厉害。

身不由己……

他没有抬头，察觉到陆岐安起身离开时窸窸窣窣的声音，一尊落满灰尘的水晶奖杯，还有一张通知单进入了他的视线——

“第一届全国啦啦队大赛——冠军”。

奖杯底座背面上的名牌罗列着一排排的名字，一如十几年前那样，徐相长的手指不由自主地摩挲在为首的名字上，指尖颤抖——禹桦青。

脑海中像是有一列齐整的灰色海鸥匆匆掠过，所经之处都响起那个女孩扬起奖杯时的誓言：“我要带领梦之队登上美国技巧啦啦队的舞台，让他们看看我们中国啦啦队的厉害！”

她说这话时脸上自信的笑容，徐相长到现在都记得。

那时候的禹桦青，她是真正的啦啦操公主！

只要有机会，迟早有一天，世界啦啦队都会为这个女孩倾倒！对此，徐相长深信不疑。

迟早有一天……

“相长，人不能一辈子活在阴影里，一切都已经过去了，不论当初那件事孰是孰非，都已经尘埃落定，就像这尊奖杯。”陆岐安看着徐相长失落的神色叹了口气，将奖杯握在手里轻轻地摩挲拂去上面的尘垢，“蒙尘的荣誉啊，迟早会有绽放的一天，相长，现在她需要你帮助她走出来啊！”

徐相长闻言，猛地抬起头来，奖杯上穿着啦啦服的人像上的笑容，因为陆岐安的动作清晰起来，他的目光不由自主地落在桌面上的通知单上。

“全国啦啦队比赛马上就要开始了，不论是对于学校还是禹桦青来说，这都是一个契机……”

陆岐安的话就像一道惊雷，徐相长知道自己不能再逃避，过往的回忆排山倒海地袭来，禹桦青的声音清晰得就像是在耳畔：“加油！加油！不要放弃！”“你不努力怎么知道你做不到？”“我相信你！”……

“您让我考虑一下，陆老师。”

2

从校长室出来后，徐相长被本能支配着来到了篮球场外。

他捏着那张通知单，愣怔地看着球场上恣意的少年。

一个穿着23号球衣的男生正弯着腰警惕地寻找“突围”的机会，篮球在他的手下不停地被拍打着，与水泥地面相触发出“咚咚”的空响，一下一下。突然，他加快了步伐冲向右侧，他身前的人立马去拦，没想到却是一个假动作，他矮身从那人的右侧穿过，冲过了两层防线来到篮下，一个虎跳投篮，篮球在空中划了一道漂亮的弧线，不偏不倚地落在筐内，球场上霎时响起一阵欢呼声。

徐相长站在球场外的香樟树下，指甲深深地嵌进肉里。

许多年前，也是在这里，禹桦青带领着她的啦啦队训练的场景，历历在目。

他怀念似的环视球场，好像在记忆中搜寻禹桦青的剪影，视线却被球场一隅的景象吸引……

与球场上的热闹不同，角落里的两个女孩，一个正捧着脸小声尖叫，另一个并不关心热闹兀自运动着。

“杳杳，你看到刚才萧林疏投篮的动作了吗？”丁若莹的语气中充满了少女看见偶像时的热情和迷恋。

正准备前空翻的时杳杳停下动作，顺着她的目光扫了一眼球场，那个耀眼得有些炫目的少年正好转身看向这一边，时杳杳的视线下意识地一躲，敛神再去看时，他已经接住反弹上来的篮球，毫无所觉地转身，像是完全没有注意到这边一般。

“他就是我的男神啊！”

时杳杳被丁若莹的惊呼声搅乱了心中莫名其妙的窒闷感，机械性地继续练习空翻动作。

不光是丁若莹，萧林疏这个人，恐怕已经是学校众多女生心目中的“男神”，篮球打得棒、成绩优秀、长得又帅，这样的男生无论走到哪里，都是万众瞩目的焦点吧。

用丁若莹的话来说——他简直就像会发光一样，无时无刻不在吸引我的视线！

“你们怎么来了？”训练结束后，张衍擦着汗小跑过来的时候，就看到时杳杳来回一圈圈不停地空翻，“师妹这是怎么了？”

“传单发完了，杳杳说怕你忘记时间，所以干脆过来等你了。”丁若莹压低声音，“我也不知道，突然又犯病了。”

时杳杳一旦有心事就会不停地练习空翻，最近好像次数有些多啊！张衍皱着眉想。

“你训练完了？”时杳杳一停下身就看见张衍站在那儿发呆，没好气地问，“可以走了吗？”

“你等我一下，我去和队长说一声……”

“啊，萧林疏投篮的样子真的好帅啊！”丁若莹激动地抓着时杳杳的胳膊。

时杳杳被她摇得如同风中的一株小树，眼睛却隐秘地捕捉到了萧林疏的背影。

伴随着他的起跳，篮球从他手中划出一道曲线砸在篮板上，篮球受力反弹回篮筐，绕着篮筐骨碌骨碌地转着……

时杳杳连忙收回视线，掩饰什么似的忽然“嘿嘿”笑出声来：“我们赶紧走吧。”说着拉了拉还紧盯着球场内的丁若莹，像是在躲避着什么洪水猛兽般，疾步离开了。

徐相长就那样站在香樟树下，一动不动地看着篮球场那头快步走过来的女孩，越来越近，越来越近……那个低垂着头的女孩走到自己面前的时候，突然抬起头来……

“徐老师好。”

丁若莹的声音打断徐相长的思绪，再转头去看，禹桦青的影子如同在水面晕开的泡沫一点点消散。

“老师好。”时杳杳抬眼奇怪地看着徐相长突然变得惨白的脸色，他的眼睛黝黑得就像两口深不见底的古井，就那么直直地盯着她。

留意到时杳杳疑惑的神情，他反应过来，匆匆点点头。

徐相长没有错过刚才时杳杳的空翻动作，行云流水，一气呵成，让他在一瞬间差点错看成了禹桦青的影子，他暗暗握拳，那张通知单被捏得皱成一团，有一个决定在心底暗暗滋生……

“刚才那是你们班的老师？”时杳杳对刚才那位老师的眼神有些在意，她是理科班的学生，对文科班的任课老师认得并不全。

“他是文一班的班主任，听说古板得要死，教我们政治的时候我倒觉得还好，讲课的时候深入浅出的，知识点教得特别细致……”丁若莹一边继续往前走，一边絮絮叨叨地说着，言语之中颇有些身在福中不知福的指责意味。

“我觉得他是一位好老师。”

丁若莹这么说的时候，时杳杳抬眼看了看丁若莹，丁若莹脸上满是明晃晃的失落。

她知道，丁若莹的成绩在文二班数一数二，但是距离文科重点班的文一班始终差一截，这几乎是丁若莹除了男神近在眼前，远在天边之外的又一大憾事。

张衍抓着篮球服随意地搭在肩上左顾右盼地找着两人的身影的时候，两个女孩正沿着球场边的林荫小道慢慢地向校外走去，他三两步跨下台阶。

“小师妹！你等等我！”他一边喊着，一边向她们跑过去。

“浑蛋张衍，我说了不准这么叫我！”时杳杳气急败坏地转身吼，手也不客气地招呼上张衍的头。

“你别打我！你这么凶小心以后嫁不出去！”

“别打了！我快被你打死了！”

“师妹师妹！我错了我错了！若莹你快拉住她！”

两人吵吵闹闹的声音夹杂着丁若莹清脆的笑声回荡在校园上空，惊起了傍晚归巢的雀鸟。

球场上此时已经空无一人，萧林疏神色晦暗地站在球场边，顺着那越来越远，已经听不清内容的声音看过去，雀鸟叽叽喳喳地扑棱着翅膀冲出树冠，留下身后的树叶簌簌作响。

夜幕降临，徐相长就像陆岐安一样只身站在阳台上，俯瞰着灯火通明的秋澜市。

偶尔有闪烁的飞机夜航灯划过似浓墨泼洒过的穹顶，像极了童年的时候在田野上一闪而逝的流星，那时候总觉得只要自己虔诚地许愿，将来总是可以被期许到的。

一阵风吹来，吹弯了两指间升起的白色烟雾，他的手中捏着一张已经泛黄的明信片，卡片的边角被人长久地反复摩挲，已经起了毛边。

“我会在地球的另一端继续为你加油，永远不要放弃你的信念。”娟秀的字体，右下角还画着个举着花球加油的卡通人。

徐相长最后狠狠地吸了一口烟，直到肺部有些闷痛，想起自己已经戒烟很久了，才将香烟掐灭在烟灰缸中，拿起茶几上的手机，拨通了通讯录上的第一个号码。

“嘟嘟……”

他感觉到自己的心脏狂乱地跳了起来。

匹兹堡的天气像少女的心思般捉摸不透，禹桦青揉了揉隐隐作痛的右臂，每到阴雨天她的右臂总是会酸胀不已。

听到电话响起，她忍着不适烦躁地站起身。

“Hello？”

“桦青？”

对面的声音很轻，一如记忆之中的那个声音。

禹桦青想破了头也不会想到，时隔经年，在漂洋过海带着些电波杂音的听筒里，自己还能辨得出徐相长的声音。

或者说，也许她心中甚是清楚，除了徐相长恐怕没有人会给自己打这么一通电话。

她想说点什么，张了张口却什么也说不出来。

3

直到开学半个月后，陆岐安才收到了徐相长肯定的回复，他当即高兴地拍着桌子召开了班主任大会，郑重宣布学校将会组织一支啦啦队，参加第17届全国啦啦队大赛。

放学时分，走廊上挤得满满的都是人，隔着攒动的人头，丁若莹远远地就看见了时杳杳。

“杳杳！”

时杳杳循着声音看过去，丁若莹正踮高了脚从人群的缝隙中探出头朝自己挥手，看起来十分搞笑。

时杳杳停下脚步，看着丁若莹的方向，人群朝自己的两边涌动，眼角匆匆掠过一张张陌生面孔，她忽然觉得自己就像是潺潺流淌的河流中一颗顽固的石头，分开了平静的河水，而身边的水流一边日久天长地侵蚀着她，一边事不关己地流向远方。

这样奇怪的感觉，曾经也有过一次。

那是她第一次在武术比赛上拿到冠军，散场后，她站在场馆门外，身边是神色匆匆的行人，忽然之间，心中的雀跃以自己察觉不到的迅捷偃旗息鼓。

就在她愣神的时间，丁若莹已经穿过人群来到她面前。

“杳杳，你听说了没有？”丁若莹抓着她的胳膊，脸上流露出一种意外又兴奋的神情。

“什么？”时杳杳这么问着，眼睛却忍不住盯着丁若莹的脸，想起丁若莹总是对她自己的外貌不满意。

丁若莹的五官的确算不上精致，脸上还有些雀斑，用她自己的话说，就是一丢进人群就会让人生出脸盲症找不着的那种……

但是现在，她们俩挨得很近，时杳杳留意到丁若莹那副黑框眼镜下的眼睛格外大，黑漆漆的，睫毛也很长……

“……你说好不好？”丁若莹说着说着激动地拍了时杳杳一下，这时候时杳杳出窍的灵魂才终于回位。

“啊？”

“你都没有在听啊？”

时杳杳有些不好意思地笑了笑。

丁若莹没好气地将刚才的话重复：“听说学校要组建一支啦啦队参加明年的全明星啦啦队比赛，据说只要在全国大赛里取得名次，就会获得直属大学的保送名额！”

白鹿洞虽然是一所私立学校，但是它的直属大学是在国内大学榜上排得上号的，一个保送名额可是大家削尖了脑袋都想得到的，这确实是一个爆炸性的消息。

“我记得你一直喜欢跳舞！”时杳杳若有所思地说道。

说起来，她会认识丁若莹，就缘于武馆二楼的舞蹈培训班，小时候丁若莹穿着小公主裙站在舞蹈室门口一脸艳羡的样子，她现在都没有忘记。

“对啊，我已经报名了！”丁若莹连连点头，笑得就像是个终于得到了洋娃娃的小女孩。

时杳杳知道丁若莹喜欢跳舞，小时候她还学过一阵子，后来却不知道为什么放弃了。

“杳杳，我们一起去吧！”丁若莹拉着她的胳膊摇晃着求道。

“我去干吗！我又不会跳舞。再说了，我还要练武术，说不准什么时候我阿爹又要给我报什么比赛，我哪有那个时间啊，你去吧。”

“别啊，你拿的奖已经够多了，不在乎那几个了。”丁若莹一听这话有些着急，在时杳杳反驳前又抢先道，“你不是说时叔叔今年都没有给你安排比赛吗？”

时杳杳低下头去没有再说什么，但心思似乎有些动摇了。

她俩幼时相识，一直陪伴彼此，时杳杳何尝不想之后的大学生活两人也在一起度过。

“你想啊，咱俩如果还能上同一所大学，那该多好啊！”丁若莹看她犹豫，心道有戏，趁机拉住她的手，倒退着向楼下走去，眼神无比诚恳。

就在时杳杳要点头之际，丁若莹一脚踩空向后倒去，时杳杳连忙伸手捉住她。

丁若莹倒下去的时候觉得自己好像撞到了谁，但是她根本自顾不暇。

“啊——”

混乱之中，一声高昂的惊呼在人群中响起，一切都发生得十分突然且迅捷，如同排列整齐的多米诺骨牌突然被调皮地推翻了一块，周围的人群都受到波及，引发了连锁反应。

混乱之中，被丁若莹不小心推倒的那个女生瞬间失去平衡，踉跄了几下踩空好几级台阶，她的手徒劳地在四周抓着，完全止不住坠落之势，直到一个男生眼疾手快地抓住她的胳膊。

混乱已经平息，但是四周一时间鸦雀无声，楼梯上站着手足无措地紧捏住时杳杳胳膊的丁若莹，看着自己导致的这场混乱，手脚冰冷。

台阶下的彦使楚压抑地大张着嘴，手脚僵硬地抓住半跪在地上的陆晚嫦，那模样让周围许多人都忍俊不禁。

而被无辜撞倒的女生陆晚嫦几乎站不起来，她的膝盖在刚才的混乱之中不知道撞到了哪里，现在还有些发麻。

“你……你没事吧？你有没有摔到哪儿？要不要去医务室看看？”彦使楚担忧地问。

陆晚嫦听着关切的问话回过神后，才意识到自己就像是求婚一样半跪在地上。她迅速直起身来，控制自己发抖的双腿避免自己再丢人地跌一跤。

她极迅速地瞥了一眼楼道两边捂着嘴在笑的人。现在正是放学人最多的时候，还不停地有人从楼上探出身子来看究竟发生了什么事。

“要不要我……”彦使楚的话还没有说完，陆晚嫦终于发现自己的胳膊还被人抓着，而且这个人是班上自己一向看不起的人。

“你别碰我！”她嫌恶地将手抽出来，手忙脚乱地整理了一下有些凌乱的头发。

她从来没有像这一刻一样这么丢脸过，只能紧皱着眉斜睨着这个因为这句话瞬间脸色苍白的男生。她的眼神比语言更加诚实地表达了她的傲慢。

“对、对不起……”彦使楚涨红脸向后退了一步。

陆晚嫦撇了撇嘴看着这个一米七几的男生佝偻着背、皱巴着脸，有些唯唯诺诺。

她嫌恶地擦了擦手臂，扫了一圈楼道上的人，终于抬眼看向楼梯上神情紧张的丁若莹。

“你是没长眼睛，还是脑子进水了？”她说得极不客气，下巴抬得高高的，神色倨傲。

丁若莹的脸一瞬间就红了，看着咄咄逼人的陆晚嫦心中有些不服气，但是这件事到底是自己不对。她将头撇向一边。

时杳杳见她这个样子，拍了拍她的手背，将她护在身侧："不好意思，是我们的错……"

"呵！"陆晚嫦并不打算善罢甘休，"知道自己出来会给别人添麻烦，就该带着点脑子，你朋友比你上道多了。"

不知道是不是错觉，丁若莹觉得自己明明站在高出陆晚嫦几级台阶的地方，明明是自己居高临下，却被陆晚嫦的傲慢打压得矮了许多。

"你不就是校长的外甥女，仗势欺人！"丁若莹蓦地冲口而出。她觉得陆晚嫦带着点轻蔑的姿态，这种姿态就像是一根尖锐的针，在她心底某个隐秘的地方，一寸一寸地扎着。

听到这句话，陆晚嫦却笑了出来，像是发自心底地愉悦，声音中都透露出笑意："你觉得，我需要仗着这些欺负你吗？"说完，还上下打量着丁若莹，从她干枯发黄的头发，到她脚上那双明显在街边小摊上淘回来，不知道反复洗过多少遍的发黄帆布鞋上……

两人目光相交，彼此都心照不宣。

陆晚嫦似惋惜一般地皱着眉，轻声嗤笑着向楼下走去，伴随着她的每一步，驻足在原地的学生自动让开，她高昂着头的模样，像极了时杳杳以前在某一部电视剧中看到的角色——姿态倨傲的公主。

可能，她就是一个公主。

生活富足的她让人羡慕，成绩优秀的她被老师捧在手心里，外貌姣好的她让青春期的男生们趋之若鹜……

此刻，丁若莹的心，就像是即将被铲平的山坡，那上面的每一寸土地都在颤抖，每一株草木都在啜泣。她想，有生之年，她都不会忘记这种尖锐的疼痛。

她的脸涨得通红，像是要滴出血一样，脊背绷得笔直，只有时杳杳感受到她浑身都在轻微地颤抖着。

她猜，丁若莹的心里此刻正在经历狂风骤雨。

4

人群是怎么渐渐散去的，时杳杳已经记不清了，只记得每个人路过她们身边时都会投来探究的目光，还有丁若莹渐渐褪去血色的惨白脸色。

等所有人都散尽，时杳杳还是没有想到该如何安慰她会让她好过一点。

最后，还是丁若莹先开了口：“走吧。”

时杳杳顿时发蒙：“去哪儿？”

“去报到啊，刚刚才告诉你我报了啦啦队，你有没有听我说话！”

看着丁若莹略带嗔怒的样子，时杳杳觉得刚才发生的一切都像是做梦一般。她瞠目结舌地看着丁若莹：“你……”

丁若莹急急打断她的话，拉着她的手转身就走，边走边说：“我们快走吧，听说会有老师在，等会儿就迟到了。”

两人携手走出教学楼。

教学楼外栽着一排泡桐树，这个季节正是花期。满树攒动的粉紫色郁郁葱葱，有浅色的阳光穿过树隙投在脸上，好像阳光中都带着点花香。

时杳杳却被这香味熏得心中有些涩，还有些眩晕。

恍然间，她想起很久很久以前，小时候也是这样好的日光，那时候的她刚刚开始学武，因为动作做得不够好，阿爹站在武馆堂内训斥她不用功，她努力忽略身边侧目的视线，低着头极力压下心中的羞耻感。

那种感觉，至今仍深入骨髓。

从教学楼到礼堂，不过十分钟。

两个人嘻嘻哈哈着，突然，丁若莹停下脚步，时杳杳虽不明所以，却也跟着停了下来。

“嗬，真是冤家路窄。”

顺着她的视线，时杳杳看向礼堂的方向，只见陆晚嫦坐在礼堂中央，抿着嘴夸张地翻着白眼。

丁若莹平静地看着陆晚嫦，神色一如往常看起来并没有什么不妥，时杳杳担心地拉住她的手，她笑了笑表示自己没事。

“都到了吧？”礼堂门口出现一个风风火火的身影，几步跨上讲台。

徐相长扫视一圈礼堂中的十几位女学生，这时，他留意到门边的两人，还有礼堂里稍有些剑拔弩张的气氛，挑了挑眉。

徐相长会出现在这里，完全是因为陆岐安。禹桦青还没有回国，也不知道陆岐安是不是吃错什么药，指派他临时代管啦啦队，他哪里懂这些！

本来以为这还不是最麻烦的，没想到陆岐安不知道用了什么办法让陆晚嫦也答应加入了啦啦队。

“你们怎么还站着，赶紧找个座位坐下。”他还记得这个假期在球场上练空翻被自己错认为禹桦青的学生，略带警告性地瞪了眼陆晚嫦。

说起陆校长这个外甥女，徐相长也有些头疼，她在他所带的文一班里成绩虽说是数一数二的，但她的性格实在是让人不知该怎么说才好——太不合群。说句不客气的话，班上总共四十七个人，二十三个不喜欢她，剩下的二十三个因为她的趾高气扬躲着她。

在进行了简单的动员后，徐相长看了看时间，想着教职员工大会马上就要开始了。

“老师一会儿还有会要开，”徐相长在自己的公文包里摸索出一张名单，“由于你们的教练暂时还没到位，陆晚嫦，在教练来之前你就带着同学们练练舞……”

“凭什么啊，我才没那个闲工夫教一群新手……”陆晚嫦语气也不怎么好。

时沓沓在听到她这么不客气地说话时略有些侧目，礼堂中的十几个女生也因为她的话脸色十分难看。

“啧，”徐相长有些尴尬，“要你教你就教。”

“我才不教。怎么没人来教我啊，我还想有个免费老师来教教我呢，我教不了。”陆晚嫦双手抱着胸，言语中是掩饰不住的倨傲还有嫌弃。

“你别给我废话，你以为我不知道你从小学的就是舞蹈，你要不想教你自个儿跟你舅舅说……”

陆晚嫦还想说什么，却又突然住了嘴，有些气闷地接过名单。

“你别给我捣乱啊，不然我告诉你舅舅。”徐相长不知道陆岐安用什么办法搞定了这个小鬼，但是依他一年的观察下来，陆晚嫦虽然难相处，但还是有分寸的。

“哎呀，我知道了！”陆晚嫦有些不耐烦，瞥到墙上的挂钟时却开始幸灾乐祸，“徐老师，我建议您快些走，都要迟到了。”

徐相长走后，礼堂里陷入了一种诡异的安静之中。

“都在名单后面留下联系电话。”

陆晚嫦颐指气使的样子，让大家都像吞了一只苍蝇一样脸色难看。

就在丁若莹拿起笔的时候，陆晚嫦又出声：“你还学过跳舞？”

丁若莹确实学过跳舞，也仅仅只是学过而已，严格地说，时至今日，她已忘得差不多了。

“啦啦队的甄选还真是差劲，什么阿猫阿狗都能进来。”陆晚嫦还在喋喋不休。

“你说谁阿猫阿狗呢？”丁若莹被她的一再挑事点燃了火气。

“难道不是吗？”陆晚嫦看都懒得看她们一眼，认定她们只是冲着保送名额过来滥竽充数，“要不然你们现在下个腰、劈个叉？”

丁若莹已经说不出话来，陆晚嫦鄙夷的眼神好像实质化成了一双手，紧紧扼住了她的喉咙。

她无话可说无法反驳，气得手都在抖。这时候，她恍然发现许久没有练习，她现在甚至不能完成这些简单的动作。

纵然是那么喜欢舞蹈，她也只能眼睁睁地看着过去一点点沦为记忆。

在场的女生都理智地没有出声，冷眼看着咄咄逼人的陆晚嫦。

丁若莹的脸色越来越惨白。

这时候，一直没有出声的时杳杳将手轻轻覆在了丁若莹攥在身侧的拳头上，一如既往地将杵在原地如同木桩的丁若莹拉到身后，然后直直地逼近陆晚嫦。

“是不是要打起来啊？”

“不知道，听说这个时杳杳是武术冠军……”

“嗬，如果真动起手来，陆大小姐就完了……”

“活该，叫她说话那么不客气……”

……

周围的窃窃私语声渐渐大了起来，还有些幸灾乐祸。

随着时杳杳越走越近，陆晚嫦也忍不住紧张起来，但是嘴上丝毫不示弱：“你想干吗？”

时杳杳只是冷着脸不说话，继续向她靠近。

“你要对我动手吗？你敢！”陆晚嫦的声音明显有些颤抖，没有了以往的不可一世。

时杳杳一言不发，在距离陆晚嫦还有几步远的地方停下来。

一时之间大家都拿不准她想做什么。

接下来的一幕令在场的所有人都有些瞠目结舌，轻盈灵活的肢体、矫健的动作，时杳杳转身在陆晚嫦旁边的空地上做了一个漂亮的空翻一字马。做完这些，她连气都没有喘一下，径直走回丁若莹的身边。

“或许这里的确有人不如你优秀，但你还不够资格评论他人。我的确没有学过舞蹈，只是，好像这也没什么难的。”时杳杳轻描淡写地说。

“杳杳，你真厉害！”丁若莹还在回味她们离开礼堂的时候，陆晚嫦气急败坏在那儿跺脚的样子，心里更加崇拜时杳杳，但是转瞬间又有些担心，“那你还进不进啦啦队啊？”

“大小姐，就算我想进，经过这一次陆晚嫦应该也不会让吧！”时杳杳想起刚才陆晚嫦瞪着自己好像在说“我不会放过你”的样子，无奈地摇摇头。

“都怪我。”

“没事，我的武术特长到时候也可以加分的，总不能让她觉得我们好欺负是不是？”

“说得没错！”丁若莹看时杳杳这么说转瞬间就绽开笑脸。

她真的觉得，能够遇见时杳杳真的是一件极幸运的事。

第二章

人生路上有许多的捷径或者崎岖，
如果有得选，谁不想更轻松一点？ ▼

1

纵使陆晚嫦如何生气，啦啦队的训练总算是正常开始。

只是第一天就发生了一个小插曲。

啦啦队训练需要一个正式的场地，但体育馆正在装修，这使得啦啦队和篮球队不得不在体育馆完工前，共用一个篮球场。

篮球队的队员本来就因为被迫挪到不够规范的场地抱怨不停，当得知将有人与他们平分一个篮球场的时候更是意难平。

这样的情绪，在啦啦队第一天训练的时候，达到顶峰。

在萧林疏侧手将手中的篮球传给身边的同伴江旭时，篮球场外爆发的尖叫声震得他一愣，啦啦队几个女生正站在一边激动地看着萧林疏，嘴里不停地尖叫。

等江旭反应过来的时候手中的球已经被对方夺走。

萧林疏看都不看场外的几个女生，只是黑着脸冷声提醒江旭：“专心一点。”

训练即将结束的时候，江旭忍不住将手中的篮球向水泥地上重重一砸：“你们到底是来练习的，还是来犯花痴的？”

一边的女生顿时不乐意了。

“我们看的又不是你！”

“是啊是啊，我们看的又不是你，你激动什么……”

“别人都没有说什么，怎么就你在这儿瞎嚷嚷！”

“技不如人还怪我们……”

江旭笨嘴拙舌，说不出什么反驳的话来，只气得满脸通红，瞪着那几个女生。这时，萧林疏伸出一只手搭在他的肩膀上，拍了拍。

“队长……”

萧林疏并没有回话，径直走到了几个女生面前。

时杳杳一直在球场的另一边压腿，隔着一个篮球场的距离看见那几个女生中嗓门最大的林筱居然脸都红了，其他的女生也是激动不已的样子，她不禁觉得好笑。

“之前我没有说，是觉得大家应该都有自知之明，但是显然你们并没有。”萧林疏这么说着，脸上并没有过多的表情，但靠得最近的林筱在他的眼神中看到了不耐烦，她原本红红的脸色如同潮水般迅猛地褪去，其他女生也被这突如其来的话惊得愣在原地。

“但是，你们已经影响到了我的队员。现在我希望，你们做一个安静的观球者，不要打扰我的队员，否则，就请离开这里。”说完，他完全不给任何人反应的机会，转身离开。

时杳杳早在萧林疏走过去的时候，就已经停下了压腿的动作，篮球场并不大，萧林疏的话一字不漏地传到了她的耳朵里。

萧林疏转身的时候，时杳杳看到他嘴角扬起的一丝笑意，毫不遮掩地透露出他的讥讽、不耐，还有嘲弄。

两人视线交汇的时候，他的眼神那么冷淡，在那一瞬间，时杳杳心中像是刮起一阵突如其来的飓风。

“现在我做的这个动作是啦啦操 32 个基本手位中 High side punch，就是侧上冲拳，要注意的是……”

时杳杳的思绪被陆晚嫦陡然攀升的声音打断，她将脑袋中几天前萧林疏那个眼神的残影挥开，坐在水泥地面上，看着一向傲慢的陆晚嫦正一丝不苟地讲解动作要领，完全不像前几次针锋相对的那样咄咄逼人。

“你是猪吗？是我讲得不够详细？左手握拳放在与肚脐齐平

的腰侧！腰！是腰！不是你的屁股！”

时杳杳有些黑线地看着被陆晚嫦批评得满脸涨红的女生，暗暗在刚刚心中所想的“其实她人不坏”这句话后面，默默地加了一句——就是嘴贱了点。

自那天萧林疏警告了几个啦啦队员之后，她们再也没有在闲暇时去看篮球队打球了。

对此，最高兴的莫过于江旭。

“你是不知道，那天，我就像是生活在水深火热之中啊！”江旭一只手揽着张衍的肩膀斜靠在他身上，另一只手有一下没一下地拍着篮球，煞有介事地感叹着。

“是吗？你不是最喜欢打球的时候边上围一堆女生，还说什么让你坐享齐人之福吗？”张衍隐约记得江旭曾经这么说过，那时候他还骂过江旭不要脸，这个想法实在是太不要脸了。

“啧，那也得是冲着我来的妹子啊！”江旭有些脸红，他也想不起来那时候自己为什么会说这么不要脸的话，嘴上却还在争辩，“那几个女生都是冲着队长来的，每次队长传球给我的时候，啧，那尖叫，真是振聋发聩……”

江旭就像是又经历了一次一样，心有余悸地掏了掏耳朵，想起那天每次球在自己手上被抢走时队长那个眼神，浑身不由自主地打了一个哆嗦，又是一阵心悸。

“有队长在的一天就没有我的出头之日啊。”江旭忍不住感叹。

张衍好笑地摇摇头："就算队长不在，也不会有你出头的那一天……"

江旭不理他，一脸坏笑，不怀好意地朝待在角落里的时杳杳扬扬下巴："哎，那不是你青梅竹马吗？"

"那是我师妹！"

"哦，师妹啊！"江旭一边吐槽有什么区别吗，一边了然于心地点头，猥琐地笑了起来。

"你别笑得这么猥琐！"张衍嫌弃地将他推开，深深地觉得他有点不正常，"我去找我师妹了。"

江旭对于张衍的突然离开有些措手不及，身子没站稳踉跄了一下，等稳住脚后，气愤地将手中的篮球砸向张衍，怒骂道："你这个有异性没人性的家伙！"

张衍下意识地回头，余光瞥见飞过来的篮球，他往边上躲开，好笑地看了看身后的江旭，却看到江旭突然变了脸色，指着他身后的方向不停地喊："小师妹！小师妹！"

张衍可不信他，刚冷哼一声"小样儿"，猛地意识到被自己躲过的篮球正往身后飞去，顿时心中一紧，一回头就看见那个篮球直直地朝着时杳杳砸去。

"师妹！"

时杳杳听到两个不同的声音在叫师妹，心中暗想，师妹已经成了公用的代号吗？正暗骂张衍大嘴巴，一抬头，就看到破空而来的橙色篮球。

她反应很快，一个回身伸出右腿，对着篮球一踢。

已经跑到张衍身边的江旭，眼睁睁看着篮球的轨道顺势改变，撞在墙上反弹地越过了篮球场的栅栏，然后落在地上弹跳几下。

“师妹好功夫……”江旭不由自主地喃喃，有些瞠目结舌。

“嗯，你这样的，在她手下坚持不了十分钟。”张衍松了一口气，同时在心里琢磨，等会儿师妹如果追究起来该不该把责任推在江旭身上。

江旭闻言一脸惊悚地望着张衍：“不能吧！”

“开玩笑的，”江旭刚刚松了一口气，张衍伸出一只手放在他的面前，比了个手势，“三分钟。”说完也不再理会江旭的反应，朝扒在铁丝网上的时杳杳跑去，拉住正在捋袖子的时杳杳。

“师妹你干吗？”

“过去捡球啊！”

“哎呀，哪用这么麻烦。”张衍拉住她挥了挥手，装作不在意地往后方的江旭身上瞥，打量了一下围墙的高度，眨了眨眼睛问时杳杳，“还记得我们以前怎么玩的？”

张衍后退了几步蹲下身，一只手撑地，一只手拍了拍后背：“来吧。”

球场上，不论是啦啦队的队员，还是篮球队的队员都停下了动作，萧林疏斜倚在球架上，带着些好奇，微眯眼看着那边的时杳杳。

此时，时杳杳已经收敛了脸上的笑容，向后倒退两步，站定后深呼吸。

“准备好了吗？”

张衍的声音闷闷地传过来，时杳杳朝他点了点头，吐了口气，然后开始助跑。

萧林疏大概猜到了他们想干什么，只见她踩着张衍的后背高高地跃起来，一个空翻越过了围墙，接着一个侧滚翻稳稳地落在了地上！

“我 ×！”江旭脱口而出。

2

萧林疏看着铁丝网后的时杳杳，高高瘦瘦的个子举着篮球，绽放笑容的脸显得清秀柔和，往日里莹亮澄澈的眼睛弯成了月牙儿。

耳边是队员们纷杂的感叹，他垂首不知道是想起了什么，有些无奈地摇头。

再抬起头来时，他不知道自己脸上有笑容。

这时候，他恍觉斜后方有道人影急速地从自己身边闪过，笔直地冲着时杳杳的方向过去。

时杳杳此刻已经从围墙那边翻回球场，张衍扶正跳下来落地后有些脚步不稳的她。

“杳杳，你怎么又和张衍疯，刚才那样太危险了！”丁若莹瞪了张衍一眼。

“没事，小时候我们经常这么玩。”时杳杳安抚道。

张衍也咧着嘴并没有当回事，回过头遥遥地冲着那边仍是目瞪口呆的江旭，伸出两只手指比了个“耶”的手势。

江旭呆呆地站在原地，不知该说什么，抬手也回了一个。

张衍闷笑着，摇了摇手，比了个“三”后又摇摇头，收回了一根手指。

“我×！”江旭风中凌乱，总算明白了这个手势的意思，张衍分明是在说自己在时杳杳手下撑不过两分钟！

张衍见江旭已经明白自己的意思，于是笑呵呵地回身，余光瞥见一个女人已经穿过球场，走向时杳杳，脸上满是热切。

“你是学体操的吗？”女人出声问时杳杳。

眼前的这个女人看起来四十岁左右的年纪，用一种丁若莹每次看到爱吃的点心的时候会露出的眼神紧紧地盯着自己，时杳杳还感觉到篮球场上其他人的目光也都看向这边，顿时有些尴尬地说：“不是，我是学武术的。”

“那前空翻、后空翻、单手侧翻这些动作你都会吗？”

时杳杳有些疑惑，但还是老实点点头：“都会。”

听到她这么回答，女人露出了欣慰的眼神，上上下下地打量她：“学武几年了？”

“你是谁啊？问这么多想干吗？”张衍刚才被这个陌生女人推开已经窝着火，语气就有些不客气。

话才刚说完，张衍的后脑勺传来一阵熟悉的疼痛。

“谁打我啊，想死吗！”

时杳杳几人都被张衍突如其来的吼声吓了一跳。

“臭小子，你想干吗？”身后传出一个阴恻恻的声音，张衍抱着脑袋转身，看见笑眯眯的徐相长站在面前。

张衍吓了一跳，有些悻悻的，却还是不服气地臭着一张脸嘟囔：“徐老师，你怎么突然打人啊？”

“你说我为什么打你，这是新来的啦啦队教练，禹教练。”

徐相长这话一出，不止时杳杳几人，就连站在一边的陆晚嫦都看向了禹桦青。

禹桦青终于收回了打量时杳杳的目光，拉了拉徐相长：“我就是想过来看看，还没和校长报到，也没和他们正式见面，他们不认识我很正常。”

“那也不像话！”徐相长板着一张脸，还要说什么，张衍立即灰溜溜地跑开了。

“你别骂他了。快，你看看她，这可是一个啦啦队的好苗子啊！”禹桦青看着因为她的话而一脸震惊的时杳杳笑道。

一旁的陆晚嫦也上下打量起时杳杳来，转眼又想起那天在礼堂时杳杳说的话，脸上一阵青白。

时杳杳觉得自己就像是动物园供人参观的动物一样被众人团团围住。

陆晚嫦隔着几层人群上上下下地打量着时杳杳，也没有看出来她特殊在哪里。

这时，禹桦青一只手握拳举过头顶：“啦啦队的队员集合。”

女孩们迅速地列队。

见时杳杳还站在原地，徐相长有些着急：“你还愣着干什么？”

“可是……”

“别可是了，你过去。”徐相长有些着急地推了推她。

丁若莹极有眼色地将她拉进队列里。

“我姓禹，你们可以叫我禹教练。”禹桦青拧着眉，一一看向每一个女孩，有几个一接触到她的视线就急忙低下头去，“从明天开始，你们的日常训练将由我接手。明天下午放学之后，在田径场集合，听明白了吗？”

“明白！”

“先解散吧。”

丁若莹立马围着时杳杳开心道：“太好了，杳杳！”

时杳杳则还有些没反应过来，看着禹教练离开的方向。

“为什么在田径场集合？”林筱靠近陆晚嫦有些不解地问。

陆晚嫦瞥了林筱一眼，她记得这是啦啦队的队员之一，其他人也是满脸问号地看着她。

“我怎么知道，你去问她啊。”陆晚嫦朝时杳杳的方向努了努嘴，扭头离开了篮球场。

禹桦青跟着徐相长离开篮球场的时候，她敏感地注意到了篮球架下的视线。她抬眼看过去，一个眉目清朗的男生站在那里，定定地看着她。那双眼睛里有着太多她看不清的情绪，一个失神，脑海中浮现出记忆中的一双眼睛。

想再细看时，篮球架下的人已经移开了视线。

夜幕降临的时候，萧林疏挎着背包站在了家门口。

掏钥匙的时候不小心将钥匙掉在了地上，惊亮了好几盏声控灯。他弯腰捡钥匙的时候，听到屋子里一阵轻微的脚步声，心中陡然一惊，难道她回来了？

萧林疏维持着举着钥匙要插进锁眼的姿势站在门口，听着屋子里的脚步声越来越近，越来越近……

“咔嗒”一声，门缓缓地开了。

萧林疏心跳紊乱地看着房门被打开，那条门缝像是咆哮着的野兽越张越大的嘴。

“林疏？”

是外婆的声音。

萧林疏的心陡然下沉。

“外婆，您怎么来了？”

“我来看看你，你爸妈都不在这里，外婆担心你啊……”

“没事，我在这里挺好的，我最近还长高了，不信您看。”萧林疏强压下心底的失落，搀着外婆进了屋。

“是是是，是长高了。”外婆吃力地伸直了手臂，摸了摸萧林疏特地垂低的发顶，“林疏啊，外婆把你留在地毯下的钥匙拿出来了。”萧林疏想说什么，外婆没有给他说话的机会，“外婆知道你还想给你妈留个门，但是你一个人住在这里，万一哪天因为这把钥匙出了什么问题，外婆才是真的会后悔。”

“外婆已经当你妈回不来了，可外婆不能失去你，今后外婆就留在秋澜，照顾你，陪着你，万一哪天你妈回来了，外婆一定帮你骂她，问问她为什么这么狠心……”外婆说着说着，略带混浊的眼眶蓄满了清亮的泪水，心中一阵发酸。

“好了好了，都听您的，您怎么还哭了。不管您想住多久，都安心住下去，都听您的。”他抬手为外婆拭去颊边的泪水，温柔的声音无限悠远，“现在很晚了，您该睡觉了。”

好不容易哄了外婆去睡觉，萧林疏掏出手机给一直照顾自己起居的李阿姨发了一条信息，嘱咐她明天过来时多带一些补身体的食材。

回卧室途中，他看见右侧那扇常年紧闭的卧室门，打开了。

应该是今天外婆在家的时候进去看了吧。萧林疏转过身，强迫自己不要去在意，挣扎半晌，他的脑海中蓦地浮现下午在篮球场的情景。

他察觉自己的手、脚，还有大脑都开始不受控制，那扇没有关紧的房门就像是潘多拉魔盒，在吸引着他，他不由自主地推开了那扇门。

房间里的陈设很简单，也很干净，干净得没有生机。

柜子上陈列着数不清的奖杯证书，萧林疏对它们视若无睹，径直走到书桌旁，将书桌上的相框打开，抽出那张照片，将照片放在桌面上。

今天下午那个教练，他总觉得在哪里见过，还有她的名字，如果自己没有记错的话……

他将照片翻转过来，第一排第三个——禹桦青。

然后视线不受控地在这个名字上方的“熊纪舒”上徘徊。

照片上的她们容颜年轻，现在，萧林疏只能通过禹桦青的样子大概猜测那个人的变化。

“你为什么这么狠心？”他轻声问道，像以前无数个寂静如水的夜里的问话，回答他的也是一如既往的沉寂。

忽地，他的心底又隐隐生出一点希望，就像是荒野里燃起的零星火星，在一点点风的席卷下，陡然旺盛起来。

她会回来吗？像禹桦青一样？

他竭力控制自己不要去想，却又忍不住这么盼望着。

3

湛蓝的天一如既往的平静，金色的阳光洒在橘黄色的跑道上，有些慵懒，有些安宁。

“呼——为什么啊？为什么啦啦队，还……还要跑步啊？”看着眼前像是没有尽头的跑道，丁若莹觉得自己的腿都快软了。

“还有、还有多少圈啊？”她双手叉腰，上气不接下气地说，“我的天！我觉得，我会……死在这儿。”

渐渐减速的时杳杳搀起她的胳膊一起跑：“别说话，控制呼吸，三步一呼吸，会好受些。”

“你怎么没事？”丁若莹疑惑。这都好几圈了，时杳杳看起来像是没事人一样，看看身前身后那些稀稀拉拉的啦啦队员，都是像自己一样举步维艰。

“我平时训练量比这个大多了。”时杳杳轻笑。

闻言，丁若莹的脸登时就垮了下来，想起刚才集合的时候，还打算在禹教练面前好好表现。

跑步结束后，女孩们都瘫倒在草地上。

“这禹教练搞什么鬼啊，我除了中考的时候，没这么跑过。”

“大概就是命吧，中考攒着没用的劲，全留到今天了……”

“我觉得有人在我的肺里装了台风扇，还吹的热风！”

“我……呕……”

大家靠在一起喘得就像是刚刚被海浪拍上沙滩的鱼，时杳杳觉得这样不行，于是出声：“大家站起来走走，不要坐在地上。”

“杳杳，你别拉我，让我休息下，你去拉她拉她！”丁若莹不仗义地指着身边的周娴。周娴和周蕙是一对双胞胎，一起来参加的啦啦队。

听到这话，周娴紧张地抱住了一边的姐姐周蕙，唯恐时杳杳真的来拉自己：“我和姐姐是一起的，我家祖训是‘生在一处，不管做什么都要在一起’。”

“你别搂着我，我快炸了！”周蕙不客气地推开周娴。

时杳杳一手拉住一个，想要把两人从地上拽起来：“别装了，快起来走走。”

丁若莹悲怆，双脚死死地抵着草地，一副要哭出来的样子死活就是不起身：“我已经在这里扎根，离开根我会死的啊，杳杳！”

“才跑了这么几圈就呼天抢地，真是没用，看你这个样子坚持不了多久，不是这块料就趁早放弃吧。”陆晚嫦此刻已经缓过劲，她站起身，居高临下地看着耍赖的丁若莹，不客气地抛下这句，就目不斜视地越过时杳杳扬长而去。

“嘁，不知道她得意个什么劲，刚才不也一样在后面喘气。”周蕙是个火暴脾气，冲着陆晚嫦离开的方向故意大声说道。

“你们别理她，他们班的都知道，她就这么个德行，十个人里没一个是喜欢她的。”周娴抚着脸色愤愤的丁若莹安慰着。

时杳杳看着陆晚嫦离开的方向，恍惚间好像看见一艘海上飘零的船，倔强地挂着满帆，单薄的帆面兜满了风。

之后的一个月，啦啦队的队员们一边抱怨，一边在不知不觉之中，渐渐地习惯了。

徐相长悄悄地靠近站在器材室里的禹桦青，顺着她视线，看着跑道上跑得精疲力竭的孩子们，一瞬间，仿佛又回到了许多年前他十六岁时的高中校园。

“真是怀念啊，这样的青春岁月好像离我们已经很远了。”徐相长轻声说道。

禹桦青笑了一下，眼睛里似乎有什么在闪烁。

“每次看到这群孩子，都能想起你们那时候……”

“你想说什么？”禹桦青唇边的笑意更深，忍不住挖苦，“你以前可不是这样支支吾吾的。”

徐相长闻言，没有被戳穿的尴尬，反而故作娇羞地偏头直视她说：“没想到你这么了解我。”

“门在后面。”禹桦青神色复杂地看着他，脸上写满一言难尽。

“哎呀，你就是这样对十几年的老友的？”

徐相长见禹桦青一脸吞了苍蝇的表情，收敛了玩闹的语气：“好了好了，我跟你说正事。”

“有些事其实我不该干涉，但是你知道，有些好意你可以适当地表达出来。”徐相长想起近来在办公室里和几位同事闲聊时，他们都或多或少地表达了对这位新任职的教练的不满，不外乎就是啦啦队中的几个高三学生成绩下降，还从学生的口中得知训练内容以及队员对教练的不满，甚至有老师直言指责禹桦青的不作为，徐相长不禁忧心忡忡。

“直说。”禹桦青对于他的欲语还休不甚在意。

“你知道现在有些流言对你颇不利，你现在训练她们的体能，你完全可以把理由详细说明，作为啦啦队员，这些训练必不可少，但孩子们不知道，很多局外人也不理解。你是一个专业的啦啦队员，应该知道一个团队，不止队员之间需要融洽相处，队员和教练之间亦然。”他一口气说完，就像有洪水猛兽在后追赶，心中惴惴不安。

禹桦青皱着眉头盯着他看，一个月以来，从来没有像现在一样真实地感受到过去与现在的不同，她努力搜寻记忆之中他的轮廓，与现在的自己重叠，场景置换、人物的定位也相互颠倒。

以前都是自己苦口婆心劝他，告诉他应该如何如何，为他鼓劲……

而现在……

禹桦青不由得感叹，惊觉多年过去，自己和他都已经变化甚多。

徐相长被她毫不遮掩的目光看得心中发毛，他还记得眼前这个人最不乐意被人摆布。

他心中七上八下，在脑海中细细梳理刚才说的，唯恐自己说了什么让她反感的话。

“我不是要跟你说教，我只是……”

“我明白你的意思了。”

徐相长愣在原地，看着她离开器材室，不由得有些苦涩，还有些心疼。

“咱们还要跑多久啊？”高杨今年高三，本来是冲着保送名额加入了啦啦队，没想到是来这里做苦力。

“这一天天跑的圈数越来越多，这样下去，我都能参加田径队了……”

“田径队收了你那不得哭啊！”

“不管田径队哭不哭，现在但凡有个人提到啦啦队我都想哭，我现在每天上课都跟受刑一样，浑身难受！”说这话的人也是高三学生。啦啦队里的几个高三女生，都隐隐有了退出的念头。

“我也是，每天这么训练我好累啊。”丁若莹蓦地插话。

没想到她的话却招来陆晚嫦的一声冷哼：“这点苦都受不了，不如直接退出吧。”

“说受不了的不止我一个人，你怎么光撵着我怼啊？”丁若莹实在是看不明白陆晚嫦，实在想不通陆晚嫦为什么这么针对自己。如果是因为那天楼梯上的意外，自己已经道歉了啊，而且她也给自己难堪了。训练这么久，大大小小的争执中，每次都是自己忍气吞声。

两人你来我往地互怼。

最近这两个人无论说什么都能吵起来，每次看着她俩，时杳杳都一个头两个大，陆晚嫦也是个爱惹事的主，那张嘴一开口就要带点刺。

时杳杳刚要劝架，远远地就看见禹桦青的身影，便说："教练过来了，都别说了！"

女孩们都连忙站起身，此时禹桦青已经到了面前。

"我知道最近的体能训练各位都进行得十分吃力，但是很显然，各位无论是耐力还是持久度，都比刚开始训练的时候强了许多。作为一个啦啦队员，体能训练必不可少，可能你们现在不懂这些训练的用意，那我告诉你们，这是为了你们在将来的路上走得更远更加稳健，使你们避免因为体力不支在赛场上出糗，不会因为体力不支……酿成一些你们不能接受的后果。"说到这里，她深深吐出一口气，眉毛拧得紧紧的，瞬间又恢复过来，"总而言之，就像你想得到的东西不会平白无故到来，所有的努力都不会是白费功夫。"

看着面前的女孩们晦暗不明的神色，禹桦青在心中默默叹了口气，她不知道这些孩子能在这条道路上走多远，心中难免有一些失落，就好像是一个人在路上走，身边空无一人。

她收拾好情绪，说："明天开始我们就在体育馆一楼右侧的啦啦队训练室训练，还是同一时间。"

女孩们暗暗雀跃，她们都以为此后就与这种漫无目的的奔跑告别，可是，第二天当她们站在训练室的门口，面对着一隅的各种健身器材时，有些欲哭无泪。

"我不干了。"高杨率先将背包一甩，转身离去。

剩下的几个高三女生互相对视一眼，都有些犹豫。

时杳杳追上快要离开体育馆的高杨，伸手挡在她的面前，劝道："高杨，你冷静点，我们已经坚持一个多月了，一开始，我们也觉得每天跑步很艰难，但还不是坚持下来了？昨天教练也说了啦啦队员的体能训练必不可少！再坚持一下，想想你为什么来这里。"

"我不知道啦啦队员是不是必须忍受这些，我只知道我已经坚持不下去了，我的学习已经没办法兼顾了。我本来底子就差，现在还在这里浪费时间，每次回到教室里看到他们抱着书狂啃，我压力好大！"说着说着，高杨的眼睛和鼻头开始发红。

其他的啦啦队员全围了过来，正好听见了高杨这一番话。

啦啦队中有三分之一是高三年级的学生，这一个月以来，她们心中何尝不煎熬，一时间心中也有些踌躇。

"这种事没有捷径可走，你们本来就是怀着投机取巧的心思来到这里，遇到一点困难就说坚持不住想退缩，找什么冠冕堂皇的借口？”陆晚嫦在不远处冷冷地开口。

闻言，高杨心中突然释然了：“的确，我就是冲着保送名额才来的，这有错吗？我并不是在这里混日子，在这里的每一天，我都和你们流一样多的汗，到现在这一步，我问心无愧。”她不觉得这样有什么错，她付出过、努力过，但是现在她觉得继续下去是没有意义的坚持，所以她想要放弃了。

人生的路上有许多的捷径或者崎岖，如果有的选，谁不想更轻松一点？

“陆晚嫦，不是所有人都像你一样，一生下来就什么都有，有大把的机会摆在你面前任你挑选，我们不一样。”她控制着自己的情绪，她知道现在自己带着哭腔的模样在这个高傲的大小姐面前，有多么狼狈，但是她想要说完，“你有的选，我们没有，我没有豪赌的资本。”

陆晚嫦想反驳，你怎么知道我所得到的一切的不容易，我难道没有付出过？你们根本不明白我的感受，凭什么站在道德的制高点指责我？

但是，她什么也没有说。

4

就在这时，一道女声从体育馆门口传来：“哟哟哟，这是在做什么啊，这么热闹。”

啦啦队员们下意识地转过头，只见体育馆门口站着一群穿着舞蹈服的女孩。

陆晚婷在这个无比熟悉的声音响起的时候，就翻了个白眼，转过身看见为首的果然是舞蹈队的蒋瑶。

“这不是我们前任队长陆小姐吗？”

蒋瑶尖锐的嗓音让啦啦队员们都想冲上去把她的嘴巴捂住。

“各位，我先走了，麻烦代我向教练转达一声，谢谢。”高杨转过身冲啦啦队员们扬了扬手。

队伍里还有几个高三女生犹豫着。

“我也是。”

“还有我。”

“谢谢。”

……

陆续有几个高三女生从队列里出来，她们匆匆说完，还没等众人反应，就小跑着离开了体育馆。

“这是怎么了？啦啦队成立一个月就要解散了啊？”蒋瑶夸张地捂着嘴。

“闭嘴吧，蒋瑶，关你什么事？”陆晚婷不客气地呵斥。她其实根本不想搭理蒋瑶，在她眼中，蒋瑶就是一个跳梁小丑。

“是不关我的事，但我就是想知道究竟是一支什么样的队伍，让我们的前……队长抛下舞蹈队眼巴巴地加入。”她故意将

“前”这个字眼咬得特别重。

丁若莹正因为她捏着嗓子故意嗲声嗲气说话的样子，胃里一阵翻涌，身边的周蕙忽然“扑哧”一下笑出声来。

“这人是谁啊？”丁若莹兴致勃勃地问身边明显知道内情的周蕙。

时杳杳有些无奈，丁若莹现在对于一切与陆晚婧作对的事和人都非常有兴趣。

“她呀，文三班的蒋瑶，舞蹈队的，舞跳得一般般，但是嘴巴特别厉害，跟陆晚婧在舞蹈队的时候就不对付。陆晚婧加入啦啦队之前是舞蹈队的队长，没少打压她给她小鞋穿，现在倒是很得意。”周蕙说话向来不客气，此刻语气中更是满满的不屑。

这番显得很有内幕的叙述让丁若莹兀自在脑海中排演了一场两人之间的恩怨情仇。

“因为蒋瑶是舞蹈队的现任队长哦，我在舞蹈队的朋友是这么说的——陆晚婧没离开舞蹈队，轮几辈子都轮不上她。”周娴在一边听到双胞胎姐姐周蕙和丁若莹的对话，贴心地补充了一句。

“哦，难怪啊。”丁若莹这一声意味深长的感叹声音有些大，那边还在争执的两人也被吸引了注意力。

“你们不用管我，继续继续。”丁若莹看着大家的目光都集中在自己身上，笑着解释，然后在众目睽睽之下转过身略带疑惑地问身边的时杳杳，“杳杳，有句歇后语我突然想不起来了，山什么老虎猴子的？”

时杳杳看着她悄悄地眨了眨眼，顿时明白了她的意思，笑眯眯地接了她的话：“山中无老虎，猴子称霸王。”

在场的啦啦队员心中都跟明镜似的，不客气地笑了出来。

“你！”蒋瑶脸上青红一片，身后的几人连忙拉住她不让她冲过去。

“蒋瑶，我奉劝你不要再在这里丢舞蹈队的人了。”陆晚嫦抱着胳膊，姿态一如既往的居高临下。

蒋瑶被陆晚嫦这个样子刺激到了。

她恨恨地咬牙，却在看见带着篮球队员进体育馆的萧林疏时，眼睛里闪过一丝晦暗的光，朗声说道：“究竟是谁丢人？你们假借训练之名实际上占据一半篮球场犯花痴，结果被人家篮球队嫌弃，这件事全校早就已经传遍了，果然啊，校长的亲戚就是有眼福哦。”

路过的萧林疏闻言，皱了皱眉，脚步却并不停歇。

“你再乱说一句试试！”陆晚嫦在她的最后一句话落音时，忽然就发怒了。

时杳杳被陆晚嫦吓了一跳，因为陆晚嫦说这句话的时候，像是恨不得扑上去吃了蒋瑶，她的眼神就像是漆黑的舞台上突然亮起的射灯，冰冷的目光毫不留情地锁定在蒋瑶身上，与她平时跟丁若莹的争吵相比，简直是小巫见大巫。

时杳杳清楚地意识到，她是真的动怒了，因为刚才蒋瑶的最后一句话。

气氛冷到极点，连蒋瑶也在这一瞬住了嘴，但是时杳杳知道这只是暂时的，她在心里做好如果陆晚嫦忍不住要揍蒋瑶，自己一定要上前拉住的准备。

果然，蒋瑶像是意识到自己的势弱，转身问已经在热身的篮球队："萧林疏，你是篮球队的队长，我是不是乱说，你最清楚。"

蒋瑶的声音很大，足以让体育馆里的每一个人听得一清二楚，她脸上洋溢着一种奚落的嘲笑，看得啦啦队员们都有些恨恨的。

此时，时杳杳却莫名地想要知道，他会怎么回答呢？

萧林疏太引人注目，也太尖锐了，他好像丝毫不会顾及别人的感受，就像现在这样——他背对着这边，依旧躬身自顾自地从背包里拿出那件印着"23"的队服。

就在时杳杳以为他不会回答蒋瑶的问题的时候，他清朗的嗓音蓦地响起——

"我为什么要和你说？"

他压根儿头都没有抬，你却能感受到他的语言化身成一根透明细长的冰凌，在你根本来不及感叹它的绚丽或者危险时，它就直直地撕开寒冷的空气，刺向你。

"啦啦队的好坏与我们篮球队无关。"

就像现在一样，他的每句话都让你措手不及。

时杳杳想起那天在篮球场上远远看见他那个满是讥讽、不耐，还有嘲弄的笑容时，她心中的那种怪异的、说不出的情绪。

世事无常，那时候他的眼神、他的厌恶是对着啦啦队，而她也是啦啦队的一员……

这种感觉就像无妄之灾，她在那一瞬有一种很奇怪的感觉，好像他的那个眼神、那种嘲讽是加诸在她的身上的。

她的胸口像是有什么澎湃的情绪就要喷薄而出，她听到自己的声音，所有人的目光都聚焦在自己的身上，包括萧林疏。

在与萧林疏的视线交汇的时候，时杳杳忽然有一种奇怪的力量，很难用言语清晰地描绘出来，就像是阳光从乌云的间隙里漏出来洒在身上的感觉。

她的心不由自主地慌乱跳动。

她听见自己说："就像萧林疏说的，啦啦队的好坏与别的队都没有关系，而你今天为什么来找碴儿你自己心中一清二楚，对此我只想说，要想别人看得起，恶语相向是没有用的，实力才能证明一切。啦啦队的成绩怎么样，会由比赛的成绩来定论，而我们，一定会为学校赢得荣誉。"

她不明白自己为什么要说这样的话，她甚至觉得自己没有底气说这些话，但是，在转身之际，看着同伴们跃跃欲试的神情，她觉得原因已经不那么重要了。

良久，萧林疏收回视线，轻声说："我们该训练了，不要在这里浪费时间。"

人群散开后，时杳杳抚着胸口感受着胸腔中凌乱的心跳。

跟随大家回到啦啦队训练室后，丁若莹忍不住打趣：“杳杳啊，你知不知道你刚才说话的时候真的很跩啊！跟你平常很不一样啊！”

“是吗？”时杳杳强装镇定地转移话题，“你不也是。我都没想到你会帮陆晚嫦说话啊，想不到你还有这样的古道热肠。”她故意坏笑着说。一方面，只有她自己知道她有多么害怕被人发现自己反常的心跳。她觉得这是一个秘密，一个不想透露给任何人知道的秘密。

秘密都是要深深掩埋才安全……

另一方面，陆晚嫦和丁若莹交恶许久，时杳杳觉得借此机会或许可以让两人冰释前嫌。

“别逗了！我你还不知道！我就……就看不惯蒋瑶那副做作的样子，谁帮她了。”丁若莹脸上有片刻的不自然，她捏着嗓子模仿蒋瑶说话，“萧林疏你说是不是啊？人家理她吗！贱人就是矫情。”

女孩们都被她逗笑了，唯独陆晚嫦不客气地说“多管闲事。”

“你什么意思，要不是因为你，我们至于跟她杠上吗？”丁若莹翻着白眼说。

“前段时间，花痴的名单里可没有我一份。”陆晚嫦哼了一声。

在那张所谓的花痴名单上面的林筱觉得自己被指桑骂槐了，盛怒之下，口不择言："你是不花痴，那也是因为你去年向萧林疏告白，被人家拒绝了，当然不好意思再贴上去惹人白眼！"

林筱没有注意到训练室里骤然凝结的气氛，再一次强调："是因为你被他拒绝了，所以才闭口不提而已。"

时杳杳下意识地扭头去看陆晚嫦。

此时的陆晚嫦瞪大了眼睛，脸上写满了难以置信。

加入啦啦队之前，时杳杳从来没有想过这个世界上会有人趾高气扬如陆晚嫦一般，也不理解为什么陆晚嫦要对所有人都不友善。

但是，在陆晚嫦被蒋瑶攻击，孤立无援的时候，她没有忽略在丁若莹挺身讥讽蒋瑶时，陆晚嫦眼底的诧异还有动容。

她始终相信，即使每个人都"童言无忌"过，不知道言语的力量，但是，人会因为他说过的话付出相应的代价。

那时候，陆晚嫦可能不知道，她说出的话一次次地将身边的人越推越远。

许久之后，陆晚嫦对她说过一句话：可能就是因为我在别人友善地向我伸出双手的时候，率先认定这是假的，所以我才会距离这个世界越来越远，直到我回头的时候，才发现身后早已经没有路，我只能回过头来继续向前走。

“还有时间在这里耍嘴皮子，是现在的训练太轻松了吗？”禹桦青的声音打破了训练室里僵硬的对峙。

女孩们如梦初醒地开始做热身运动。

令时杳杳在意的是，禹教练对于少了三分之一的成员的事实不置一词的态度。

在距离训练结束还有一个小时的时候，禹桦青将大家叫到一边的投影仪前。

投影仪上播放着一段国外的啦啦队全明星的赛程录像。

“竞技啦啦队分为舞蹈组和技巧组两种。舞蹈组，顾名思义就是以舞蹈为主，主要是结合道具展示各种舞蹈技巧；而像现在我所播放的属于技巧组，主要是展示翻腾、托举、抛接、金字塔组合、舞蹈动作等技巧性难度动作。”

看着坐在投影仪前的队员们都目不转睛地盯着幕布，禹桦青眼底开始闪烁着向往的光芒，心中暗暗好笑，面上却依旧严肃。

“从今天开始，我们除了进行体能训练以外，还要开始学习这些动作。”

女孩们跃跃欲试，但也有犹豫的：“但是这些动作，我们真的可以完成吗？”

“没有什么动作是学不会的，只要你肯去学，肯为它付出时间！”禹桦青的话掷地有声。

“我知道大家都有顾虑，因为你们并不是专业的运动员，但既然参与了这项运动，就要有运动的精神！要知道，啦啦队的灵魂主体就是‘团队精神’和‘运动精神’，团队精神都没有办法领悟就无法成为一支合格的啦啦队；而运动精神，就是不断地超越自我、突破自我，就是不停地流汗拼搏！”

她停顿了一下，接着道：“我知道大家都没有接触过啦啦队，但是除了啼哭没有什么是生来就会的，在这个团队里大家现阶段都是一样的，但是只要努力训练，你们不会比任何人差！”

一瞬间，大家的热情都被点燃，脸上的犹疑消退，一个月叫苦不迭的训练也在禹教练这一番话下得到了纾解。

“从今天开始，时杳杳就是啦啦队的队长。”禹桦青突如其来的宣布，就像是一道惊雷。

时杳杳讶异不已，一边的陆晚嫦恶狠狠地看着她。

第三章

是不是在你的心里，
什么都能用钱衡量？ ▼

1

教学楼外的泡桐树像是感受气温日渐攀升，每天从树隙间坠落几片树叶，西垂的阳光为枝丫上为数不多的几簇镀上一层浅浅的霞色。

时杳杳伸出搭在栏杆上的手，接住从树隙间漏下来的那一束夕阳，想起那天下午禹教练所说的团队精神。

她一直不明白为什么禹教练会选择她做啦啦队的队长，她认为，禹教练分明有更好的选择，比如陆晚嫦。

她还记得那天训练结束之后，陆晚嫦瞪着她的眼神，连着后来几天教大家空翻的时候陆晚嫦都是始终冷着一张脸，但好在自从蒋瑶的事情之后，陆晚嫦再没有动不动就出言讽刺大家。陆晚嫦和丁若莹两个人也暂时休战了。

想到丁若莹，时杳杳担忧地看向教师办公室——丁若莹还没有出来。

时杳杳所在的理二班，在丁若莹班级的楼下，往常都是她在走廊上等着丁若莹下楼，今天下午她像往常一样等着，丁若莹却迟迟没有下楼。

等到时杳杳来到丁若莹的班上时，才知道丁若莹因为任课老师反映她上课的精神状态不佳被班主任叫去了办公室。

时杳杳看了看墙上的挂钟，训练的时间马上就要到了。她给丁若莹发了条短信，说自己先去训练了。

丁若莹来的时候，时杳杳正在软垫上帮助周娴练习空翻，她换完衣服出来，时杳杳就注意到她情绪有些低落。

“我在文二班的朋友告诉我，她今天被班主任叫去办公室啦，好像是成绩下降得太厉害了。”周娴以为时杳杳不知内情，压低声音偷偷告诉她。

“练你的空翻吧！那么多话！”时杳杳还没有开口，一边的周蕙斜眼盯着丁若莹倔强的样子冲妹妹周娴喝道。

“本来就是嘛！你昨天不是也被你们班主任叫去了嘛！”周

娴不服气道。

周蕙扶额，有个万事通但有点脱线的妹妹不知道是该哭还是该笑。

下午训练的时候，训练室的门口出现了几个令她们意外的身影——那几个已经离队的高三女生。

“看来你们训练得还挺像模像样的嘛。”高杨眉毛挑起笑嘻嘻地说。

女孩们没有想到她们会来，心中不由得开始猜测她们的来意。

“你们怎么来了？”时杳杳没有因为她们的离开和突然出现而对她们的态度有所不同。

“我们前段时间不是落下不少的课程嘛，就在外面报了补习班，高考之前可能都不能来看你们，所以我们琢磨着啊，上补习班之前再来看看你们呗。”高杨极力忽略心里那点酸涩，笑着掩饰，“怎么，不欢迎啊？”

“没有的事。”时杳杳有些不好意思。

“你们的训练结束了吗？一起出去吃顿饭吧！”高杨看着这些曾是队友的女孩，说实话，她心中是有些不舍的。

“吃饭？”周娴是个典型的吃货，听到有饭吃立马奔过来，“火锅还是韩国烤肉？我听说学校外边那条大街新开了一家涮羊肉，那汤底简直是千里飘香啊，我们今天就去吧！去吧去吧！”

“你丢不丢人？”周蕙急忙将周娴拉回来。

“好，咱们就去吃涮羊肉。”

周娴这一闹，训练室中的气氛瞬间活络起来，在短暂的窘迫过去之后，就连一边的陆晚嫦都笑出声来。

时杳杳看着大家，心中忽然涌起一阵莫名其妙的感动。

“别想太多，今天晚上就去放松一下。”结伴去换衣服的时候，时杳杳拍着丁若莹的肩膀轻声安慰。

丁若莹看着她脸上平静的笑容，心安定下来。

时杳杳的笑容给人一种安宁感，让她从心底里感到温暖、妥帖。

时杳杳看她点头，放心下来。

一进更衣室，两人就听见储物柜后传出陆晚嫦气急败坏的声音：“我说了我不回去！你赶紧带着那女人走，别打扰舅舅休息……”

时杳杳拉了拉丁若莹，示意一起出去，等陆晚嫦打完电话再进来。

“你还真是体谅我啊。我告诉你，那个女人一天不从家里滚出去，你就休想让我回去！”

两人想着悄悄离开，陆晚嫦却正好挂断电话从储物柜后走出来，脸上还有没来得及擦去的泪水。

陆晚嫦想起刚才自己对着电话吼的话，心底生出一阵难堪。

“晚上大家去吃饭，你也一起去吧。”时杳杳打破沉默，在丁若莹诧异的眼神中笑着对陆晚嫦道。

直到走出校门，丁若莹还在因为陆晚嫦会答应跟大家一起去吃饭而感到诧异。

“陆晚嫦居然会答应一起过来，这是真的吗？”

“你瞎说什么呢，怎么了，她脾气再怎么不好也不是不食人间烟火的仙女啊。”时杳杳无奈地拍拍她，眼神就像是在说“乖，别闹了”。

“我还是觉得好惊悚啊。”

说话间，大家已经到了涮羊肉店门口。

“你盛情邀请我来，就吃这个？”陆晚嫦指着简陋的牌匾有些不可思议地问。

“是啊，就是这家。”时杳杳不明就里，“新开张的，吃过的都说不错。”

“店面这么小，这么挤，还人来人往的。”陆晚嫦看着里面不停走动的人，又眼尖地看见摆在门口的冰柜，“食材还是露天摆放的，这是人吃的吗？”

“怎么就不是人吃的了？你也说了这店里人来人往，轮不到你舍己为人来做小白鼠检查食材有毒没毒。”丁若莹不客气地堵住陆晚嫦的话。

“停停停！”眼看俩人又有掐起来的趋势，时杳杳连忙说道，“周蕙，你带若莹进去。”

周蕙比了个“OK”的手势，把还要说什么的丁若莹往里拖。

时杳杳走到陆晚嫦面前：“大小姐啊，我们都是普通人，吃不起鲍参翅肚，你就将就将就成吗？很好吃的，你别看店面没那些星级酒店高大上，麻雀虽小五脏俱全，相信我。”

看着时杳杳信誓旦旦的样子，不知道为什么，陆晚嫦忽然有点想笑。

在啦啦队里，大家都是见了她就躲着走，像遇见刚才在换衣间的情况，但凡有点眼色的碰见了都会装作没有看见，但是时杳杳偏偏没有。时杳杳向她发出邀请的时候，她企图在时杳杳的眼睛里看到以往那些打着朋友的幌子靠近她的人的那些虚伪和谄媚。

偏偏都没有，就好像她面对的是丁若莹、高杨、周蕙和周娴，或者是啦啦队任何一个队员时那样平静还有友善……

这个女生真的很难让人讨厌起来。

两人就这样站在店门口对峙，篮球队众人远远走过来时就看到时杳杳伸手拉了拉陆晚嫦，后者不情愿地皱着一张脸跟着她进了店里。

“嗬，我是吃撑了眼花了吗？”江旭眼睁睁地看着陆晚嫦消失，拍了拍张衍，“刚刚那是小师妹吧？快，快告诉我刚才在她身边的那个是谁？”

“你没看错，就是陆晚嫦。”张衍用一种看傻子的目光望着他。

“小师妹太牛了！”江旭觉得时杳杳的形象在他心里又高大了许多，“我记得陆晚嫦跟队长告白那会儿，咱们可没少受她的指使……啧啧啧，有时间真要去向小师妹取取经，也好和小师妹套套近乎。”江旭坏笑着本想逗逗张衍。

“这么闲？”萧林疏在他身后眯着眼冷声道，“日常训练加20组。”

江旭看着萧林疏的背影，反应不过来：“队长什么意思？”

“让你加紧训练，就没有时间想那些不切实际的了。”张衍的话将众人逗笑了。

萧林疏在路过涮羊肉店的时候不经意地向内一瞥，却没在店里看到两人的身影。

“杳杳她们啦啦队还能出去玩，不像我们每天训练，累得像狗一样……”张衍眼巴巴地说。

“这么羡慕，你们可以加入啦啦队。”萧林疏露出一个人畜无害的笑容。

“那还是算了，我还要为下个月的篮球赛肝脑涂地呢……”张衍立马摇着手断了这个念头，他一个大男人扎在女生堆那还不叫人笑话！

此时，萧林疏和张衍都只把这话当作玩笑，却没有想到日后真的有一天，一语成谶。

2

吃过饭后，啦啦队众人经过商量后决定去唱歌，一行人又转战去了秋澜的 KTV 一条街，跟着陆晚嫦来到了这家据说有钱还不一定排得上号的“金碧辉煌”。

此时的丁若莹站在包厢门口，感觉就像是进入了一个浮华虚妄的世界，那扇厚重的大门背后翻滚的巨大音浪就像是实质化的黑色海洋，夜色笼罩时分开始推搡着爬上干燥的海岸。

她透过门上的圆形玻璃窗，看着里面那个光怪陆离的世界，霓虹灯五彩的光斑摸上人们的脸庞，鲜艳得就像只在夜里绽开的花儿。

仅仅是一扇门的距离，她莫名觉得自己是那么格格不入。

这时候，陆晚嫦刚好推门而出，两人差点撞上对方，抬起头的时候都吓了一跳。

“你傻站在这儿做什么？进去啊！”

“我不进去了，你们玩吧，我……我要回家了。”

“怎么了？”陆晚嫦有些不懂为什么丁若莹突然要离开，破天荒地想要伸手去抓她的胳膊，“都来了就玩玩吧，难得出来一次。”

“不了，我得回家了。”丁若莹头埋得低低的，向后退了一步。

陆晚嫦看她这个样子，出乎意料地没有恶语相加，反而笑嘻嘻地说："怎么的，你不用担心钱……"

她哪里知道，她随口说的这句话像是一把尖刀，毫不留情地插在了丁若莹的心上。

"你什么意思？"

陆晚嫦被丁若莹突如其来的高分贝吓了一跳。

丁若莹赤红眼眶看着她，嘴角不住地抽着，说："是不是在你的心里，什么都能用钱衡量？"

"我不是……"

丁若莹没有给她说话的机会，日积月累的情绪像是终于找到了一个突破口："是，你家世好成绩棒，你一伸手自然有人眼巴巴地把一切都给你奉上，你是大小姐我知道，我不如你我也知道，你所有的一切都凌驾在我们这些人之上，你看不起我处处为难我我都忍了，我惹不起我躲还不行吗？你有你的优越感你高高在上，是，我是什么都没有，但是至少还有点自尊心，你何必拐着弯地羞辱我？"

说完这些，她也没看陆晚嫦的反应，就冲出了 KTV。

时杳杳给家里打完电话就撞见了这一幕，一边叫着丁若莹的名字，一边追了出去。

"我不是，那个意思……"望着两人消失的方向，陆晚嫦站在原地喃喃着。

不知道哪个包厢的门突然打开，她的话瞬间被震耳欲聋的声浪掩盖下去。

谁也没有留意到，丁若莹从“金碧辉煌”冲出的那一幕也被一个在马路对面站着的浓妆艳抹的女人尽收眼底。

丁若莹从很小的时候就知道，这个世界不公平，有的人生来就高人一等，而有的人，从出生在这个世界上的第一天起，就已经在泥泞中打滚。

而她，就是后者。

她不是特别乖巧讨喜的孩子，也不是天赋异禀十分聪明的孩子，她只能竭尽全力做到足够懂事，丝毫不敢懈怠。

她在这个世界，耗尽自己全身的精力，用力地活着，努力地活着，她现在获得的每一分成绩，都是从汗水中获得。足够她将自己的双腿从泥沼中拔出来，挺直脊背继续向前走。

她犹嫌不足，却也心安理得。

而陆晚嫦的出现，打破了这种微妙的平衡感，她所有武装起来的骄傲顷刻间轰塌。

……

她不记得自己是怎么回到家的，就像幽魂一样甚至不清楚自己出门之后是向左飘还是向右飘，等到她有力气抬起头时，就看到了被她视为港湾的家，只要打开眼前这扇门，就到了，就安全了，里面很温暖，可以毫无顾忌地哭，可以剥掉羞耻做回她自己。

她的心中有一种自己在痛哭流涕的错觉。

“你去哪里了？”

在她收拾好心情打开门后，黑暗之中传来一声冷硬的质问。

丁若莹开灯的手僵在了半空中，“咚咚咚”的脚步声离她越来越近，每一下都拨动她的心弦，直到在她的面前停下。

灯“啪”地亮起，丁若莹不适应地向后一缩，眯了眯眼，就看到妈妈那张疲态尽显的脸，她下意识地看了看墙上的钟——23点37分。

“你去哪儿了？”丁母继续质问。

丁若莹心里犯怵，望着妈妈眼下的乌青和通红的眼眶，心中有淡淡的懊恼，但仍不敢开口。

她不敢说自己参加了学校的啦啦队，因为她知道妈妈把她的学习成绩看得比自己的命还重要，妈妈经常说的一句话就是：妈妈不求你做家务，也不要你来店里帮忙，你只要好好读书，就是最大的孝顺了！

如果让妈妈知道她“不务正业”，妈妈一定会用那种“你怎么会趁我不备误入歧途”的失望眼神望着她。

“我……我和杏杏……”以往都是用这一招，她和时杏杏认识彼此的父母，每当捅了娄子就拿彼此当借口。但是今天，妈妈冷冰冰的神情让她有些慌张。

“你到现在还想骗我？你是不是觉得我不问你，我就真的什么都不知道？还是说你觉得我的钱来得特别容易？你是不是学坏了？你是不是像隔壁家的小谢一样一整天正事不干就知道去外面跟一群不三不四的人厮混？你知不知道我含辛茹苦地养大你有多不容易？你现在翅膀硬了想飞上天了，是不是？”

一连串的质问就像连珠炮弹一样向丁若莹砸来，她有些不知所措。

隔壁家的小谢，在妈妈口中，是那种不学无术、成天无所事事、流连在各种风花雪月场所的女生，是绝对的反面教材。

每次妈妈教育她的时候，都会把小谢“劣迹斑斑”的经历拿出来细数一遍，再郑重其事地叮嘱她——千万不要像小谢那样。

现在，妈妈说她跟小谢一样，这恐怕是对她最严重的指控了。

她下意识地反驳：“我没有……我……”

“啪”的一声，她话还没有说完，就感觉脸上火辣辣的一片灼烧。

她摸着自己发烫的左脸，不可思议，脑子里还有些嗡嗡声。

这时候她才清楚地意识到——她被打了，被妈妈甩了一耳光！

妈妈第一次打她……

3

“你还想骗我！”丁母痛心地看着女儿。

见女儿一脸难以置信的样子，丁母心里也深深刺痛着，从小到大，自己没舍得动过女儿一根手指头。她想摸摸女儿的左脸，问女儿痛不痛，但是，小谢那张涂脂抹粉妖娆的脸不断地在她的眼前闪过，小谢那刺耳的声音也在她耳边不停地回荡：

“阿姨，我刚才啊，在‘金碧辉煌’看见若莹啦……她是不是搭上什么有权有势的主啦？您要知道那‘金碧辉煌’啊，可不是谁都能去的……”

“哎哟，我就说啊，女孩啊，早点找个好人家嫁了……整天读那么多书干什么使……”

小谢的话，以及她笑得花枝乱颤的样子在丁母的脑海中翻腾了整整一个晚上。时间越来越晚，还不见女儿回来，她的心越来越沉。

好像所有的事情都有了解释，为什么女儿的班主任会打电话告诉她女儿成绩下降？为什么早晨在店里帮忙的时候女儿常常一脸倦色……

她的女儿学坏了，背着她偷偷学坏了。

她无比痛心。

“刚才小谢都告诉我了，你去哪儿了？！啊？”

母亲疾言厉色的样子，让丁若莹的脑子有些发蒙。

“金碧辉煌？一听名字就知道是作妖的地方，那是好人家的女孩子会去的地方吗？啊？”

丁若莹还没有从那一巴掌中反应过来。那一巴掌，好像把她长久以来的骄傲还有倔强打散了，母亲的声音在耳畔嗡嗡作响，母亲从来没有打过她，这一次……

丁若莹眼中噙满了泪。

她难以置信地望着母亲，好像是第一次认识母亲——专制、武断、跋扈、霸道、固执。

“莹莹啊，你和那些富家小姐少爷不能比。你知不知道，你只有念书一条出路，你必须把命拼在读书上，如果你不读书不拼命你就只能像爸爸妈妈一样永远被别人踩在脚下仰人鼻息过日子，你知不知道？爸爸妈妈苦了一辈子就指望着你出人头地啊，莹莹，你到底明不明白？”丁母痛心疾首地说着。

丁若莹的眼泪慢慢滑落下来，像是终于撑不住，褪去了所有伪装的坚硬外壳。丁母爬满蚯蚓般虬结血管的手慢慢地抚上丁若莹满是泪痕的脸，即便泪水濡湿了沟壑纵横的手掌，丁若莹仍感觉到了那双手的粗糙。

她觉得自己的心因为妈妈的话撕开了一个窟窿，从那个窟窿上剥落下来的碎屑触地的时候碎成齑粉，冷风像刀子一样灌进来，一刀一刀割得她生疼。

她从没有像现在这一刻一样清楚，如此清楚地感受到自己的卑微，以及这惨痛的人生。

但是，她不明白，不明白为什么自己要舍弃自己所爱的一切，全身心地扎进书堆里，去改变贫瘠的命运。

人生不只有这样一条路啊！她在心里呐喊。

良久，她才诺诺开口，语气饱含天长地久的忍耐与晦涩情感：“我知道，我们家里条件不好，从小我就什么都不要，不要公主裙、不要糖果、不要漂亮的画册，我告诉自己不能任性，因为你很辛苦。那时候我每天都盼着长大，我想啊，长大了我就可以帮你了，你就不用那么辛苦那么累了。但是，每次我想帮你，你都把我推开了，你告诉我：‘莹莹啊，妈妈不指着你帮妈妈，妈妈只要你读书，努力读书就够了！’好，那我就努力读书……我从来就没有违背过你，你不喜欢我画画我就不画，你不喜欢我跳舞我就不跳，你不喜欢我出去玩我就不交朋友，你喜欢我读书我就读书。从小到大，你就只会告诉我读书读书读书！但是我真的很累啊！我累死了！我快死了，我觉得我喘不过气来，你知不知道啊？”

她一直不停地说着，双手在空中胡乱地挥舞。她觉得心中好像有一颗炸弹，自己长年累月地往里面填充一种名叫“委屈”的火药，直到今天晚上，好像已经超负荷了。

那颗炸弹无情地炸开，以往累积的委屈情绪漫天飞舞，纷纷扬扬地砸在她的身上，但是她却不知道从何说起……

“今天晚上是有同学去那里玩，我也去了，但是我不敢待在那里，我觉得我就是一个怪物，我觉得我待在那里很羞耻。她们家世好成绩好，我觉得在那里让我好丢脸，我更加害怕如果我习惯了那样放纵的日子，我就静不下心了，我就达不到你的要求，我就没有办法好好念书，所以我回来了。”

“我是很想很想很想做到让你满意的一切，不想让你失望，但是你有没有在乎过这到底是不是我想要的啊？”她声嘶力竭地吼出一直掩埋在心底的话，却没有感受到一丝一毫的轻松，她觉得心里沉甸甸的，嘴里还有些发苦。

“那你，想要什么？”丁母望着坐在地上号啕大哭的女儿，强忍着心痛还有将要溢出来的泪水艰难地问。

瘫坐在地上的丁若莹没有说话，只是一味地哭着，看着眼泪砸在地上，她忽然发现，她自己，也不明白自己到底想要什么。

在这一瞬间，她脑海里涌进很久以前看过的一部电影，一部在她看来非常无聊的电影。

那时候不知道为什么，她却坚持看完了，电影名字叫《楚门的世界》。

讲的是一个叫楚门的人，活在一个被人为构建的世界里，他从小到大的一切记忆都是一场人为操控的骗局。

周围的所有的人、事、物都让楚门感到，他三十年的假人生是那么自然而惬意，整个世界本就该如此。直到他决心去斐济，这时候他才知道，这一切的本应该、正常，其实都是假象。而这些虚假存在的目的就是为了让他像个“假的正常人”一样活着，做一个傀儡。

看到楚门慢慢爬上那段以天空为底板的阶梯迈出那扇门的时候，丁若莹感受到自己内心的雀跃和欢呼，那时候，她不明白。而现在，她有一种很怪异的感觉，她觉得自己就像是楚门。

但，悲哀的是，她没有一定要去到的斐济……

“你到底想要什么？”丁母又问了一遍。

“我想要自由，我想做自己想做的事情，我不要再被你的希望捆住，我想……我……”好像终于找到一个出口，一个理由，丁若莹不管不顾地倾诉，声嘶力竭，泣不成声。

她觉得自己的喉咙里像是被塞进了一块腐朽的木头，说出来的每一句话都干枯晦涩。

她隔着朦胧的水雾看到母亲已经爬满岁月沟壑的脸上露出痛苦失望的神色，她想，一定是从地底爬了些什么出来，代替她说了这些话。

4

啦啦队训练室里，一如既往地井然有序，而大家都心照不宣地沉默着。

“好的，肩膀用力，膝盖弯曲，不用怕，好的，走……”

禹桦青行走在女孩们中间，锐利的目光像是一把经年累月切除病灶的解剖刀，不厌其烦地指出每个人动作上存在的问题。

时杳杳总是会把目光停驻在她身上很久很久。禹教练就像是空山里隐匿的一池水，不起波澜，她的心思埋在水流深处的淤泥里，是你的视线根本没有探知到的地方。

不显山不露水，很多时候她注视着你，会让你有一种她什么都已经明了的感觉，就像现在——

“时杳杳。”禹桦青面无表情，“下一周要学习抛接动作，你通知大家不要缺席。”

“好的。”看着禹桦青紧盯着自己的眼睛，时杳杳有些局促。

好在没过多久，禹桦青就移开了视线。

但是，时杳杳的心中有了另外一层担忧——丁若莹已经有三天没来训练了。

这三天里，她尝试着联系丁若莹，但是都被拒绝了。

“嗯哼——”陆晚嫦站在时杳杳身后清清嗓子。

时杳杳面无表情：“什么事？”

“丁若莹没来，教练让我和你一组。”陆晚嫦有些不自在，蹙着眉头看起来有些不耐烦。

时杳杳挪开一点给她让出位置，她不客气地坐下。

两人都没有说话，气氛有些冷，陆晚嫦像是在掩饰什么目光四处瞥，还趁着压腿的间隙不经意开口：“真是麻烦，她不来，还打乱我训练。她如果决定要放弃了，尽早说出来，可别影响别人。你说那天我也没说什么，她怎么就这么玻璃心呢！你是她朋友，到底怎么回事啊，现在她们都认为是我赶走她的，我冤不冤啊！”

“她白受了你这么久的闲气，她冤不冤啊？你那天晚上什么心态你心里没数？”时沓沓微笑着，可是眼里没有一丁点笑意。

那天晚上陆晚嫦与丁若莹的对话，时沓沓已经了解了个大概，她能猜到丁若莹的突然退出是出于什么心理。

此时，时沓沓的微笑中有一种距离感。陆晚嫦一直觉得时沓沓是好相处的人，第一次见她露出这样的表情，也第一次听到她说带刺的话。

陆晚嫦有些愣怔，也有些委屈：“怎么就怪我了？我说什么了，我一片好心倒是我的不是了？我对她凶你们觉得我仗势欺人，我关心她你们又觉得我虚情假意，你们怎么这么难伺候呢？不管你信不信，那天晚上，我根本没想羞辱她，我犯不上那么做，也没有你想得那么卑鄙。”

“你真的觉得在这件事情上你一点责任都没有吗？”时沓沓拉长了话音。

陆晚嫦斜着眼望她：“我有什么责任？普度众生是上帝干的活儿，我没那个义务也没那个责任。她自己训练稍微艰苦点撑不住还赖上我了是吧，自己没恒心没定力怨得了谁啊。”

她几乎是半吼着说出这一段话，吼完之后她像是一只脱力的兽一样喘着气。

“周末跟我走一趟吧，如果到时候你还觉得你一点问题都没有就当是我错了。”

时杳杳的声音很轻，话语的分量却重得出奇。重到陆晚嫦错觉有一双手在自己的身体里灌满了铅，让她没有办法拒绝，所以，她轻轻点了点头。

清晨，空气里飘着蒙蒙的雾，还透着些寒气。

“你知不知道现在几点，你叫我出来到底什么事？”陆晚嫦看着手上Bvlgari石英腕表，惊叹号一般的指针指向五点的位置。

“到了。”时杳杳的双目璀璨得如同寒星，手指着不远处一家没有招牌的小店。

“这是哪儿？你带我来这就为了看这么家小破店？”她只是看了一眼那家简陋的小店。

“你不是说丁若莹没恒心没定力吗？你不是说她忍受不了训练吗？这是她家开的店。”时杳杳一边说一边朝着那家店走去，“你觉得这个点早吗？丁若莹怕她妈妈太劳累，每天都要这个点起来帮忙。也许在你眼里这是家小破店，但这家店却是她家的支柱。你从小就没有吃过生活的苦，活得肆无忌惮不把钱当回事，但是丁若莹不一样，她的生活是流着汗的，她是个骄傲的人，你可以无视她，但是你不能轻视她。”

陆晚嫦不由自主地跟上。

店门口。

“阿姨，忙着呢？”时杳杳靠近丁母，热情地打着招呼。

丁母抬头看了一眼，见是时杏杏，便热情地笑了起来："哎，杏杏啊，你怎么来了？吃过早餐了吗？阿姨给你来一份米粥吧？"

"不用不用，我吃过啦，我来找若莹。"

"她在后面呢，你自己去吧。"丁母想起什么似的，有些窘迫，"杏杏啊，那个，阿姨上周误会莹莹去 KTV 的事，她一直闷闷不乐的，你帮阿姨开导开导她啊。"

"好嘞，放心吧阿姨，我一定好好安慰她。"时杏杏笑着应了一声，也不招呼陆晚嫦便往店里走去。

陆晚嫦手足无措地站在原地，来的路上时杏杏已经将那天晚上丁若莹与丁母吵架的缘由告诉了她，她看着头发绾得一丝不苟正在忙碌的丁母，心中有个无比柔软的地方被撬动了。

"哎，你也是莹莹的同学吧？"丁母热络地拉住陆晚嫦。

"……"

"你怎么来了？"丁若莹正抓着一块脏兮兮的抹布收拾餐桌。

"我带……我过来看看你。"时杏杏一边说，一边熟稔地把桌面上的碗碟摞好搬去橱台。

丁若莹看着时杏杏，没有说话。这一个星期，她的心情就像是海面上的一叶扁舟。

那个胡说八道的夜晚过后的第二天，她束手束脚地站在店里，母亲一如既往地忙碌着，但还是精心地替她准备了早餐。

她简直无法形容那一刻自己的心情，她多么希望没有说过那些伤母亲心的话，如果这个世界上有时光机、后悔药这一类的东西就好了。

两人融洽地分工合作着，时杳杳忽然开口：“队友们都很担心你。”

丁若莹呼了一口气，像是一直在等时杳杳提这个话茬。

“我从来不觉得我有那么重要，杳杳，你别劝我了。”她苦笑着像是在自我催眠，也不断地在心中这样告诉自己。

她知道自己从来都无足轻重，这个世界上有千千万万个“丁若莹”，她就像是一个最不起眼的零部件，少了她，可以在更广阔的领域海选出千万个更合适的备选。

而这个世界上，唯一还把她当回事的两个人——一个在不久之前被她伤透了心，而另一个，正在她的面前接受她无端的冷言冷语。

她在乎的两个人站在两个不同的彼岸，选择一方就注定与另一方背道而驰。

就像梦想与现实，从来就不在同一个次元，她没有办法。

“还好你没有把自己太当回事，我都说了是她自己没有毅力，你非要带我来这儿。”陆晚嫦一边说话，一边向两人走过来。

“是我求着你来的吗？门在后边你赶紧走吧，供不起你这尊大佛。”丁若莹脸黑了下来，毫不客气地回嘴。

“我爱去哪儿去哪儿，不需要你教我。我想吃阿姨做的粥，你要赶我走你去跟你妈说啊！”

“你可是大小姐，粗茶淡饭你咽得下吗？”丁若莹还记得陆晚嫦在涮羊肉店外的样子。

这句话正好被端着粥过来的丁母听到，丁母不悦地看着她，训斥道：“莹莹，你说什么呢！怎么这么没礼貌！”

看着陆晚嫦得意扬扬的样子，时杳杳不禁怀疑自己今天带她过来是不是做错了。

“妈！你别帮着她，她就是来找碴儿的！”丁若莹气急败坏，什么也顾不上。

丁母打断她的话：“我不知道她是不是来找碴儿，只看到你对人家同学态度不好！人家特地来看你，来者是客，你这样就是不对！”

丁若莹翻了个白眼：“妈！”

这时候店里又有客人进来，丁母警告性地瞪了丁若莹一眼，就去招呼了。

“对我客气点。”丁母走后，陆晚嫦意有所指地对丁若莹说，看到她气得没话说的样子得意地笑了起来。

两人离开店里的时候，丁母一直笑眯眯地拉着陆晚嫦让她以后多过来找丁若莹玩。

陆晚嫦笑着答应了，不理会一边急得一直拉着丁母进店的丁若莹。

等到走出去好远，陆晚嫦才打了个哈欠，漫不经心地说：“好了，我也要回去继续睡美容觉了。你告诉她，如果周一我没看到她，那我就天天来这里喝粥！她最不想看到的应该就是我吧。”

“陆晚嫦，表达善意会让你死吗？”时杳杳好气又好笑地说。

“不会死……”陆晚嫦顿了顿，超时杳杳翻了个白眼，斩钉截铁继续道，“但是我会觉得很恶心。”

“我就不明白，你为什么非把自己塑造成一个天怒人怨的样子。你明明想劝她回来，为什么非要表达得那么心不甘情不愿的？”时杳杳发现自己真的看不懂眼前这个女孩，明明内心柔软，却非要竖起全身的刺，拒绝所有人亲近。

“可别这么说，这个圣母我不当！”陆晚嫦嗤笑，“我没那个闲工夫去管别人怎么想我，喜不喜欢我那是你们的事，就像我看不看得惯你们也是我的事，你管我！”她的声音冷漠、冷静，带着些疏离。

看着陆晚嫦转身离开的背影，时杳杳的记忆一下子跳回了第一次见到她时的场景。

那时候的她在楼梯下遥遥与她们对视，那么狼狈的场景下，却那么傲慢。

5

夜幕降临，丁母将晚餐端上餐桌，丁若莹在一边帮忙摆盘，这样的情景每天都发生，只是最近丁若莹总是会生出一种陌生的怪异感。

好像自上周的事情发生之后，就是这个样子了，她也很想回到以前，装作什么都没有发生。

但是，不一样了……

在她口不择言深深地伤害母亲之后，她的心里有一种叫愧疚的情绪。

这种愧疚从争吵的第二天妈妈还是像往常一样为她准备早餐的时候就开始肆虐，她像是影子一样跟随着妈妈忙碌的身影，也像是影子一样寂静无声。

有一种力量禁锢着她的喉咙、声带，让道歉的话每每到了嘴边，却始终发不了声。

或者说，不论她的心中如何愧疚，究其根本，她仍然觉得委屈，这种委屈甚至盖过了那种愧疚感，让她选择忽视自己曾那么残忍伤害了眼前的人的行为。

好像这样能够让她自己好过一点。

“今天，你那个同学都告诉我了，你参加了学校的啦啦队。”

丁母十分突然地开口，平静霎时被打破。

丁若莹被她一惊，心中警惕起来。

“我想过了，如果你真的喜欢跳舞，”丁母扒了扒碗里的米饭，“那就跳吧，也没有什么不好的。以前妈妈让你放弃，并不知道你那么喜欢，是妈妈武断了。”

丁若莹没有说话，她觉得心中有个地方在被一把小铁锹一点一点地撬动，她小心翼翼地听着妈妈继续说。

“你爸走得早，妈妈盼着你出人头地，所以一直把你逼得紧，自己也绷得紧紧的，把很多想法强加在你身上，这一个星期，我也想过……也许这样对你的成长也并不好。”

妈妈的话像是一记闷棍敲在她的头上，她有些呆住了。

丁若莹心中明白，她的自尊和固执有多顽固，妈妈就比她更甚。一个早年丧夫的母亲独自一人拉扯女儿长大，只能让自己强硬起来……

她抬起头来，从来没有那么迫切地想要看看妈妈的表情。但是丁母埋着头像是在碗里挑拣着什么，反反复复又装作不经意的样子，让她有些哽咽。她看着这个记忆之中一向强势武断的母亲的发顶，有几根白发藏在其中。

她才恍然觉悟，原来，在不知不觉间，她的妈妈已经老到有白发了……

“妈……”丁若莹低垂着头，嘴唇几度开合，终于发出声音，“对不起……”

丁母的手一抖，尴尬地笑了笑，声音里有些哽咽：“咱们娘俩之间，用不着说这个。以后啊，你有什么心里话不要憋在心里，可以对妈妈说，妈妈要是有什么错怪你了，你也不要怕，说出来，告诉妈妈……”

一滴晶莹的泪珠砸在了捧着的碗里，丁若莹连忙往嘴里扒了一口饭，入口都是苦涩，这时候，她才发觉自己哭了。

在这个陡然空旷的灰色空间，她的心跟着她的眼泪一起下坠。

第四章

像萧林疏这样的人，
大概生来就是让人自惭形秽的吧。▼

1

下课铃声响起，徐相长将摊开的课本一收：“剩下的内容我们下节课再说，下课吧。”

丁若莹看着徐相长跨下讲台，连忙起身追了上去：“徐老师！”

徐相长转身，看着有些忸怩的丁若莹站在面前，极有耐心地微笑着问：“怎么了？”

丁若莹低垂着头，犹豫着不知道该怎么开口，许久才搜索到合适的措辞，她扬起头，眼神中有些闪烁不明的光。

“老师，你觉得人应该坚持自己想做的事情吗？”

她实在太需要一个人告诉自己该怎么做了，在昨晚母亲语重心长地与她一番交流之后，她开始有些迷茫，母亲不再逼迫她反而鼓励她去做自己喜欢的事情，她却反而彷徨起来。

就像是一只被困久了的鸟儿，突然自由了，却忘记了怎么振翅去飞。

“那要看是什么样的事情了。”徐相长拢了拢课本，颇有些意味深长，“如果这件事只是一时意气冲动而为，还没开始就想着放弃，想着没把握能够坚持下去，那么这样的就是不必要的；但是如果这件事是可以被当作梦想去奋斗的，那么你就可以去追逐它，并在其中汲取力量。”

“梦想？”丁若莹有些疑惑地重复。

“对。”徐相长了然地望着丁若莹，他当然猜到丁若莹为什么会这么问自己，他还记得她被班主任叫去办公室劝她放弃啦啦队的时候，她拘谨却坚定地说：我从小就喜欢舞蹈，啦啦队里也有我的队友，我不想轻易放弃。

“你要知道，在你的学生时期，最重要的事情除了念书，还要学会与人相处、学会取舍。你喜欢舞蹈，喜欢啦啦队，你的队友也是如此，既然不想放弃，有什么理由不坚持呢？学习的方式有许多种，除了努力，心态也很重要，你越畏惧它，就离它越远。重要的是你能否从它身上汲取力量！”

丁若莹有些懵懂，还有些疑惑，她的声音像是从胸腔里发出来的：“那我应该怎么办？”

“这个我没有办法告诉你，我只能说最可惜的不是你从来没有尝试过，而是你曾经有机会争取，却放弃了，知道吗？”说完，徐相长转身离开了。

丁若莹想着徐老师的话，她不知道自己将来会不会后悔，但是过去她已经后悔了许多年。

放学的时候，人已经散得差不多，时杳杳有些忐忑地在走廊上来回踱步，她一直在猜测丁若莹会不会来。

很多时候，时杳杳其实是一个“单细胞生物”，只要心中有目标，就会一直不停地朝着那个目的地前进。

在啦啦队比赛中赢得名次有保送的名额，这样的机会十分难得，而且撇开这些不说，在她的心中，丁若莹明明是喜欢啦啦队的，她不希望丁若莹后悔。

虽然丁若莹让自己代她努力，但时杳杳觉得，无论自己如何替代她努力，她终究会失落。

其中的经历她不曾参与，之后的荣耀与她无关。

她想起很久以前的一场青少年武术比赛，武馆中的一个女孩在比赛前夕急流勇退。比赛结束后，她捧着奖杯，女孩来道贺的时候，女孩的眼睛里以往那颗闪烁的星就像陨落了的流星一般，一闪而逝。

她一直不知道为什么女孩要退出，那时候那个女孩的祝词是真诚的，但眼里的失落却更真。

而现在发生的，好像又即将与那时候重合。

她在走廊上来回走着的位置正好是一个盲区，旁边就是楼道的拐角，她没想到放学都这么久了还会有人拐到这一层，而她又与这个人正好撞在了一起。

有人抓住了她的手臂，避免了她因为失衡而踉跄跌倒在地的结局，她心中一边暗暗庆幸，一边抬头忙不迭地说："不好意思，我不知道……"她抬起头，这一看，却让她如遭电击，连心跳都乱了节拍。

她撞到的，竟然是萧林疏……

"没关系。"萧林疏不在意地说，看着眼前的女孩瞬间涨红的脸，"有没有扭到脚？"

时杳杳如梦初醒，注意到他的手还抓着自己的胳膊，像是被惊到一样向后退："我刚……我没有看到……谢谢你。"她语无伦次着。

萧林疏记得她，记得她上次捡球时炫技一样的空翻，也记得她面对蒋瑶时说的那番不卑不亢的话……

还有更久一点的时候，他都记得。

"没关系。"他皱着眉看着她如惊弓之鸟的样子，有种自己再待在这里会把她吓出心脏病来的错觉。

他哑然失笑，摇了摇头，挥去自己脑海中的胡思乱想，收回还半悬在空中的手，叮嘱道："下次小心点。"

直到萧林疏离开，时杳杳才后知后觉地感受到手臂上类似被蜇刺的酥麻。

"杳杳，你在看什么？"

丁若莹来找时杳杳的时候，时杳杳还望着萧林疏离开的方向愣神，丁若莹顺着她的目光看过去，空旷的走廊上什么都没有。

"哦，没什么……"时杳杳下意识回道。

两人离开教学楼，时杳杳如梦初醒地意识到自己刚才口齿不清的模样，像极了他最不喜欢的花痴样子，思及此，刚刚褪下红晕的脸又爆发出一股高热。

"你怎么脸红了？"

"啊……"时杳杳掩饰性地捂着脸颊，"天气热，刚才一直站在太阳下。"

这时候，她的脑袋像是重启过后的电脑程序，在一瞬间查杀到系统的漏洞，萧林疏皱眉的动作在眼前无比清晰起来。

像萧林疏这样的人，大概生来就是让人自惭形秽的吧。

她这么想着，心中零星的雀跃终于偃息下去。

两个人到训练室的时候，禹桦青已经开始摆弄投影仪，在禹桦青的点头示意下，她们慌张地找地方坐好。

禹桦青一边拿着遥控器控制投影仪，一边讲解，在放到两个女孩合力将一人抛到半空中凌空旋转的动作时按了暂停。

“这个动作，就是典型的托举抛接。”禹桦青指着幕布上的影像。

“大家都很不理解为什么要进行体能训练吧。”这句话是非常肯定的语气，禹桦青的目光在队员们的脸上巡视，直到在时杳杳的身上停下。

“时杳杳。”

被点到名的时杳杳脊背瞬间僵直，禹桦青没有等她回应就继续说道：“这个动作，如果是你可以完成吗？”

大家的目光瞬间就汇聚在她的身上。

时杳杳有些犹豫，她看了看幕布上的影像，恍然明白了禹桦青的意思：“不能。”

就连坐在一边的丁若莹都惊讶地瞪大了眼睛，篮球场上那一幕大家都是有目共睹的，她们都不相信以时杳杳的身手会完不成这样的动作。

“为什么？”禹桦青继续发问，脸上却有了些许笑意。

“因为如果要完成这个抛接动作，地面上至少需要两个人接住，但是……”她有些犹豫，队员的水平如何，她们彼此都心照不宣，“这是一个配合动作，这个动作我一个人没办法完成。”

禹桦青点了点头：“说得不错。这是一个配合动作，不是个人素质好就能撑起一场比赛的，啦啦队讲究团队技巧，是由团队合作完成的表演。”她的脸上有种奇异的色彩，“这其中那些看起来夺人眼球的托举、抛接技巧都是以合格的体能作为基础的。”

“教练，我们已经训练了很久的体能，我觉得我们已经准备好学习这些动作了！”不知道是谁喊了一句。

“所以，从今天开始，你们就要开始在弹簧床上练习这些动作，大家去准备一下……”

禹桦青拍了拍手示意大家动起来。

当天的训练结束，天已经擦黑，禹桦青宣布解散，末了：“时杳杳，你过来一下。”

杜芬芳在教练叫时杳杳的名字的时候就一直留意着那边的一举一动。

“教练把她单独叫过去，是不是要给她开小灶啊？”杜芬芳好像发现什么了不得的大事一样，探头靠近正在一边收拾东西的陆晚嫦。

陆晚嫦瞥了她一眼，又看向不远处的时杳杳。

那边，时杳杳犹豫地对禹桦青点了点头，然后跨上了弹簧床，几次起跳后，像是在尝试什么。

“哎哎，你看跌下来了！”杜芬芳瞬间忘记了矜持还有含蓄，有些幸灾乐祸地叫着陆晚嫦。

陆晚嫦有些厌烦地看了杜芬芳一眼，然后又将目光转向时杳杳。

“杳杳，你没事吧？”丁若莹跑到弹簧床边，刚刚看着时杳杳砸在弹簧床上的时候，她感觉心脏都快要蹦出来了。

“没事。”时杳杳从弹簧床上爬起来，冲丁若莹安慰一笑，在看到她身后的禹桦青时，反射性地收敛住脸上的笑容，“教练……”

禹桦青皱着眉点了点头，看她迅捷爬起身的样子，知道她并没有受伤，于是有些严厉地正色道：“欲速则不达。”

“我知道了。”

“你休息下，一会儿我们继续。”

丁若莹微微皱眉，想起还要回家帮妈妈收铺，她对时杳杳说：“那，我……先回家？”

“路上小心，明天见。”时杳杳回她一笑。

2

离开体育馆的时候，丁若莹的前方有几个人围着一个人在大声嚷嚷着，话语里满是不服气。

“要我说啊，我们所有人里舞蹈基础最好的就是你，她时杳杳不就是会几个武术动作嘛，凭什么就得了禹教练的青睐……”

“就是就是，你看那个时杳杳除了武术有什么比得上你啊，禹教练怕是瞎了眼这么看得起她……”

“你不记得那时候禹教练第一次在篮球场说的啦，”有一个女生阴阳怪气地接话，“她可是天生的啦啦队的好苗子，笑死我了。”

丁若莹看着她们笑作一团的样子，嫌恶地翻了个白眼，这世上永远不缺因为嫉妒而在背后嚼舌根的风言醋语。

“用你们夹枪带棒伶牙俐齿吐槽别人的时间，练练体能估计都能得奥运冠军了。”陆晚媞突然停下脚步，她实在是听不下去了，一群人在耳边就像是盛夏池塘里的青蛙一直在“呱呱呱”。

“陆晚媞你不是也看不上她吗？”有人咕哝一句。

在她们都有些摸不清状况的时候，陆晚媞接下来的话更让人跌破眼镜：“你们可真逗，我不知道你们有什么脸去嫌弃别人，她能在全国武术比赛上拿冠军，你能吗？她能连续十几个空翻花样不停，你能吗？今天看的那些托举技巧你们做得了吗？人家还没托起来，你们恐怕就吓得尿裤子了吧。就你们这个埋汰样子，谁给你们这么大脸嫌弃她的？”

“平时训练没看你们使多大劲，憋着力气在人背后嚼舌根，你以为我跟你一样？她动作好不好得不得人欣赏是她的事，跟你们有关系吗？我看不看得上她那是我的事，不需要你们操心。”

目睹了这一幕的丁若莹第一次打从心底为陆晚媞叫好，她从另一边的花坛中间隐匿的捷径穿过，赶上了已经越过众人独自离开的陆晚媞。

她气喘吁吁地拦住陆晚媞：“陆晚媞，没想到你还有这么高大的一面啊。”

陆晚嫦有些意外，猜到刚才的场景被丁若莹看到了，但她没有天真到把丁若莹说的当作夸奖。她回道：“你少恶心我，我看不起在人背后嚼舌根的人，如果你现在特地找我是为了批判她们，我不奉陪，而且会更加看不起你。”

看样子陆晚嫦非常讨厌背后说闲话，以及在背后说闲话的人。丁若莹猜测这后面一定有隐情，但是转念一想，像陆晚嫦这样成绩好、家世好、长得还不错的女生，平日里肯定没少被人背后议论，说不定更难听的都有……

这么一想，她心中莫名地平衡了许多。

真奇怪，当一个各方面比你都要优秀出挑的人出现在你面前的时候，你很难不会感到自惭形秽，但是，当你得知，这个你仰望所不能及的人也不是你想象中那么完美的时候，你的心中会有一种庆幸，会觉得现在的自己也没有什么不好的。

至少，丁若莹对陆晚嫦的厌恶，正在慢慢云消雾散。

“我就是来跟你说声谢谢。”虽然陆晚嫦说话的样子还是高高在上、不可一世，但是比在背后捅刀子的人高尚百倍，丁若莹一边这么想着，一边说，“谢谢你在我妈妈面前替我说好话……”

“得了吧，我可做不来这个爱心大使，不要以为我反驳她们就是看得上你们……”陆晚嫦不耐烦地打断丁若莹的话。她厌烦那种背后碎嘴取乐的人，并不是为了站在谁的一边。

啦啦队训练室里，自丁若莹走后，时杳杳干脆在弹簧床上坐下来，累得有点不想动，她一边在脑海中回忆禹教练所说的动作要领，一边稍作休息。

禹桦青在半个小时前接了一通电话已经离开了训练室，临走前叮嘱她要早点回家休息。此时，墙上挂钟的时针已经诚实地指在了数字“7”的位置，她还在弹簧床上琢磨着下午新学的动作。

晚风带着些凉意吹进了训练室，将训练室半掩的门吹开一条缝隙。

“哎，你看，啦啦队的训练室还有人？”江旭运着球赶上前方的张衍。

闻言，张衍一边运球，一边瞟了一眼漏出一线灯光的啦啦队训练室，里面似乎隐隐约约有一个不断跃起的身影……

萧林疏皱着眉看着走神的江旭，轻轻地说了句：“江旭加训5组，其他人解散。”

“队长……”在众人的哄笑中，江旭停下运球的动作，“你不能这样！”

“10组。”萧林疏转过身去，不给他反驳的机会，“七点半之前没有做完的，就叠加到明天的训练中，双倍。”

不理会身后的哀号还有队友幸灾乐祸的取笑，萧林疏扬起手，手腕向前一收，手中的篮球划出一道抛物线准确地穿过篮筐……

时杳杳在弹簧床的起落间不停地找着感觉，脑海中不断浮现出禹教练教她的动作要领。她沉下心，猛地用力向下踩然后凌空至半空中来了两个360°的侧身空旋，在她面朝下掉在弹簧床的时候，好像有一只手将她托住又稳稳地抛向半空中，她觉得自己就像是坠落在云端，这时候，她才接收到心中爆发出强烈的喜悦感。

她在弹簧床上舒展着四肢就像是一只饱食餍足的小动物，她翻了个身从弹簧床上蹦下来，双脚如同踩在了云端。她用力地在原地蹦跳欢呼："啊！我做到了！我终于做到了！"

心里好像有一个万花筒，整个世界都绽放着五彩斑斓的花一般围着她转，直到她欢呼着蹦蹦跳跳到门边，透过没有关紧的门缝看到托着篮球站在训练室外不远处望着自己的萧林疏……

这是今天第二次在措手不及的情况下看到他，时杳杳高举着手愣在原地，就像是按了暂停键，脸颊上还黏着被汗水濡湿的发丝。

好尴尬啊……这是此刻时杳杳心中唯一的想法。

"队长……"不知道是谁喊了一声，萧林疏才收回目光，转身离去。

看着萧林疏的背影，时杳杳察觉到胸口一阵憋闷，她伸出手，按了按胸口，心跳超速。

3

时杳杳和丁若莹找来的时候，陆晚嫦正在琢磨导数的解析，她们俩在教室门口叫了好几声，白白受了坐在门口的几个学生的好几个白眼。

陆晚嫦此刻头昏脑涨，外界的声音与她的听觉系统好像隔着山海，当同桌小心翼翼地提醒她，她站起身来的时候脑海中还不断闪过数字还有符号，压根儿分不出心去思考两人为什么找来，更没有留意到在教室中央正上演着一场混乱。

“听说……这次全班都错了的题目又只有你做出来了，真是厉害啊，试卷借给我开开眼，让我见识见识……”顾明强拖着长长的古怪的腔调，单手撑在彦使楚的桌上，一边逼近他，一边伸出另一只手将彦使楚桌上摞得高高的书打散，将夹在书中的试卷一张张地抽出来，“是这张？”

彦使楚将身体向后缩想要避开顾明强的靠近。

顾明强咄咄逼人地问：“还是这张？这张……”他每找到一张，都会将手中的试卷向上空抛去。

雪白的试卷飞扬在半空中发出“刺啦”声，然后轻飘飘地落至周围的地面上、桌面上。

顾明强弯下腰坏笑着牢牢盯住坐在位置上一动不动、脸色灰白的彦使楚，还有四周敢怒不敢言低下头假装在做自己的事的同学，他心中满意极了。

他得意扬扬地看着自己操控的这一切，这些被老师捧在手心的优等生，在自己面前也只是低眉顺目的胆小鬼！

这样的情况几乎每天都发生，这大概是与尖子班格格不入的顾明强唯一的乐趣。

陆晚嫦坐在教室的最里面，要穿过整个教室才能到门口。

顾明强一如既往地在逗着彦使楚取乐，他夸张而大幅度的动作挡住了陆晚嫦的路，她不耐烦地皱眉，声音很平静，还带着点厌恶：“闪开。”

顾明强不快地直起身，眉间有明显的褶痕，脸上却难得地有了隐忍，下一瞬，他便向旁边让开。

陆晚嫦来到教室门口：“什么事？”

“我们来拿训练室的钥匙。”时杳杳尴尬地说。

今天下午她和丁若莹的最后一节课都是体育课，由于前段时间丁若莹落下许多训练内容，所以两人决定早些去训练，帮丁若莹恶补一下。不巧的是，体育馆的管理员今天正好请假没有来上班，只有一把备用钥匙在陆晚嫦手上。

丁若莹早就对文一班心驰神往，一直探头探脑地留意着班级里的学霸们，却没想到看到顾明强一眨不眨恶狠狠地瞪着陆晚嫦背影的一幕，她心中一悸，往时杳杳身后一缩。

“你们等一下。”陆晚嫦皱着眉头，转身又回了教室。

教室里，顾明强还在彦使楚课桌上的一堆书中挑挑拣拣，意有所指地大声道：“成绩好有什么用，不过就是一个没用的书呆子！”

在他拎起一本黑色的笔记本时，一直闷不吭声的彦使楚却忽然从座位上跳起来，一把将笔记本搂在怀中。

顾明强猝不及防，等他意识到发生了什么的时候，忽然发出奇怪的笑声。

“嗬，给我看看是什么东西让你这么宝贝……”顾明强伸手要去抢。

彦使楚摇着头向后退想要躲开他，却被攥住衣领，彦使楚没有反抗，只是将手臂收得更紧……

“太过分了，怎么能这么欺负人！”目睹着这一幕的丁若莹愤愤不平地嚷道。

“……”时杳杳没有接话。

此时，彦使楚被顾明强压在课桌上大声质问：“你给不给我，你不给我我这拳头可不长眼睛啊！”

时杳杳的手控制不住地攥成拳，她看了一眼教室里不为所动、一副眼不见为净的学生，有些愤然，看他们习以为常的样子，想必这样的事情，过去没少发生。

“你们闹够没有？”陆晚嫦从书包里拎出钥匙，终于忍不住呵斥，“你们要丢人丢到什么时候？”

彦使楚在听到“你们”这两个字的时候浑身一僵，感觉到顾明强慢慢松了手劲。

班上的学生还是大气都不敢出一声，生怕遭受无妄之灾。

“我们不过是闹着玩，大小姐你有必要这样吗？”顾明强扬眉挑衅。

陆晚嫦深呼吸，告诉自己不要跟这种流氓无赖多费唇舌：“顾明强，如果你不适应我们班的氛围，你大可以跟你父母反映，想必叔叔阿姨也能够理解你，转班的事情我舅舅肯定也很乐意帮忙。”

陆晚嫦的话就像是兜头盖脸泼下来的一瓢凉水，将他掩埋在内心深处的羞耻都洗刷出来，他的脸顿时黑了下来。

他非常清楚，他在这个班上的每一分钟都如坐针毡，任课老师对他的放任，同学对他的防备还有漠视，每一个似有深意的眼神好像都在对他说：“你的成绩根本就不够资格待在这个班级，是你的父母给学校捐了一大笔钱求校长，校长才勉强答应让你待在我们班上试试。成绩这么差还赖在我们班，太不要脸了！”

他知道自己现在假装强硬的态度有多虚伪。

“你要为了这么个废物跟我作对？”顾明强的面子有些挂不住，他靠近陆晚嫦时刻意压低了声音。

彦使楚清晰地听到了“废物”两个字，他脸色晦暗不明地别过头去，正好与门口的时杳杳的视线撞上。

“做人做事要给自己留有余地。”说完这句话，陆晚嫦就向教室门口走去。

她把钥匙交给时杳杳的时候，丁若莹还在义愤填膺地咒骂顾明强：“重点班怎么也会有这种人！”

“因为他家有钱供他。”陆晚嫦的声音很低，包含了一些说不清道不明的情绪。

“有钱就可以随意欺侮别人？有钱就可以不把别人的尊严当回事？”

“你也说尊严，如果有尊严当然忍受不了被欺侮，甘做俎上肉就别谈尊严！”陆晚嫦振振有词、意有所指。

时杳杳一直望着教室里，陆晚嫦和丁若莹的争执、顾明强恨恨推开彦使楚的样子都被她尽收眼底。

那边，彦使楚始终不发一语，神色不变地开始捡起自己的东西。

丁若莹显然已经对曾经念念不忘的重点班失望透顶，在她心中重点班应该是有互帮互助的学习氛围、友善和蔼的同学，而刚刚看到的一切打碎了她对这个心驰神往的地方的幻想。

时杳杳对此付之一笑，她知道，在每一个班级里都存在被老师奉为楷模的学生，而这个学生往往是不被同班同学所接纳的，因为太过优秀和太过软弱一样，都不被平常人所包容。

太优秀，遭嫉妒；太软弱，惹欺凌。

而时杳杳在与彦使楚视线交汇的刹那，认出了那天在楼梯上拉住陆晚嫦让她免于摔伤的人，就是他……

她曾见过的被欺凌的人不在少数，他们的眼神或怯懦或惧怕，唯独没有刚才所见的彦使楚眼中的那种，一潭死水。

4

时间过得很快，快到两人很快就忘记曾经有这么一个人短暂出现，秋澜市的几所高中组织的篮球赛也将要拉开帷幕。

“你们都听说了吗？后天篮球比赛就要开始了！到时候好几所高中的篮球队都会聚集在我们学校……”

“对啊对啊！我听我那些朋友说啦，他们学校的篮球队里有好些高颜值的帅哥！”周娴刚到训练室，正好听见大家的窃窃私语，迫不及待地将面前的时杳杳推开，扎进人堆就开始发挥自己百晓生的技能。

“而且啊，这次来的不止篮球队。”她说到一半故意停下来，满意地看着大家都被勾起好奇心，“这些学校的啦啦队也会一起来。”

“以前可没有这样的惯例。”丁若莹一双眼睛瞪得老大，显然也是被这个消息惊到了。

时杳杳也不可避免地吃了一惊，但转念一想，既然学校为了啦啦队比赛可以临时组建一支队伍，其他学校的啦啦队会借这次比赛过来，也不足为奇。

“这有什么稀奇的，不是有啦啦队全国赛嘛，哪所学校不想在这种全国性质上的比赛中占一席之地，换句话说，他们就是过来刺探军情，有什么好奇怪的。”

大家的注意力都被陆晚嫦的话吸引过去，她的话中包含的内容，又引发了新一轮的讨论。

“讨论得这么热闹，大家要不要开个茶话会坐下来说？”

禹桦青突如其来的声音惊醒了每一个人。

“教练，我们是听说了下周的篮球赛上会有别的学校的啦啦队来，所以在讨论到时候我们上场时……”时杳杳用余光扫视因为教练脸上明显的不快噤若寒蝉的队员们一眼，硬着头皮解释道。

“没什么好讨论的。”禹桦青不客气地打断，“我不打算让啦啦队在这次的篮球赛上露面，以你们现在的水平上场只会丢了学校的脸。”

她的话就像是平静的水面忽然投下的一颗石子，惊醒了所有人。她们沉下脸来，训练室的气氛也像是泛起涟漪的水面，不安地躁动着。

时杳杳也愣住了，这是什么意思？

禹桦青转过身，背对着众人，并没有过多解释。

“教练，我想请问一下……”陆晚嫦忽然出声。

所以人的注意力都被她吸引，回头望着她。

她面无表情，继续说：“教练，我们这样每天没日没夜地训练这么久还是您口中的丢人，这算不算是教练的失职？”

陆晚嫦一直就是一个不知人间疾苦的富贵大小姐，乖张、傲慢、不讨喜……她身上有很多让人与她做不成朋友的理由，但其实她心地不坏，让着她一点就好了……

此刻，她的眼睛里闪烁着一种光芒，是一种大家从没在她的眼睛里见到过的光芒，她从来没有这么坚定过，好像这些话，她必须要说出来。

至于为什么会这样觉得，谁也说不清楚。

禹桦青没有转身也没有说话，陆晚嫦并没有因此停下来，她就像是一只占上风的斗鸡，抖着一身光亮的羽毛雄赳赳地昂着头，继续滔滔不绝。

“教练，众所周知，校长为了明年的全国啦啦队比赛特地从美国请您过来做我们的教练，想必您一定有过人之处，但是在平时的训练中您一直强调的只有体能，就算有技巧性的动作您都是先教时杳杳让她给我们做示范。”陆晚的眼神灼灼，直逼向禹桦青。

禹桦青的表情没有丝毫变化，起伏逐渐剧烈的胸口明显泄露了她难以言述的复杂情绪。

“教练，为什么您不能亲自给我们做示范？我是不是能够揣测，您根本就只是在糊弄我们……”陆晚嫦声音虽轻，却保持着确保在场的每一个人都能够听得一清二楚的声调，“或者说，您根本就是华而不实虚有其表！”

禹桦青仍然没有出声，只是走过去。

单手前空翻前转紧接着单手后翻侧转，然后是后凌空翻……

看着禹桦青这一连串行云流水的动作，啦啦队训练室中的每一个人内心都有这样一个声音——太流畅了！

每一个动作都好像是在为下一个动作准备，你永远不知道她接下来会给你什么样的目瞪口呆。

时杳杳惊叹了，她知道要做好这样连贯的动作，只有经过无数次练习和来自身体每一个细胞的惯性记忆才能做得到。

紧接着马上就是一个侧翻，禹桦青的右手率先撑地，正要使力，却感受到从右臂传来一阵锥心的疼痛。

“教练！”时杳杳看见原本稳健的身影在右手的支撑下开始晃动，然后跌了下来，一个趔趄摔在了地上。

此时，从训练室外冲进来一个人将禹桦青从地上扶起来，女孩们也反应过来连忙跑过去。

“怎么回事？”徐相长一边吼，一边扶着禹桦青的肩膀让她坐起来。

他脸色铁青，额头上青筋暴起，别说时沓沓，就连丁若莹都从来没有见过他这个样子。

大家下意识地向后望去。

徐相长顺着她们的目光看到了人群后的陆晚嫦，他用尽最大的力气压下胸口的愤怒，让自己均匀地喘气。

在陆晚嫦紧张得额角都开始渗出细密的薄汗的时候，禹桦青咬牙忍着剧痛，压住徐相长的胳膊说：“我没事。”

禹桦青觉得有人在她的耳边敲响了一块钢板，“嗡”的一声震鸣一直回荡在她的脑海，她的右手不太听使唤，手心里沁满了汗水。

“你怎么样了？”徐相长小心地将她右手的袖子卷上去，她的手腕充血肿得高高的，“能站起来吗？”

禹桦青白着一张脸点了点头，左手撑地想要站起来，却在起身时脚上明显脱力，再次坠了下去，徐相长连忙扶住她。

“教练可能扭伤脚了……”时沓沓眼尖地看到刚才禹教练脚上使不上力的样子。

徐相长闻言，一把将禹桦青抱起，向训练室外走去。

徐相长离开后，训练室又归于平静，所有人都不由自主地将目光停留在陆晚嫦身上。

“都看着我干什么？”陆晚嫦心中一团乱麻，但心底还是有个声音在说——稳住、不要慌。

她嘴角扯起一抹讥笑，硬着头皮道：“她如果有真材实料就不会摔倒，这是苦肉计，想……”

“教练手上有伤，有一次她卷袖子的时候我看见她的手臂下面有一道蜈蚣形的疤。”时杳杳打断她，走到她面前，将拇指和食指撑开比了个距离，示意伤疤的长度，“这种程度的骨折是没有办法做剧烈运动的，这就是她从来不给我们演示的原因。”

陆晚嫦皱了皱眉，心中有些惊讶、有些疑惑，但是她仍不肯示弱，眼睛在一张张指责的面孔上扫视：“这与我有什么关系？我从来都不知道她受伤了，你刚才为什么不说，还有你们刚才一言不发，现在倒开始正义感爆发了？要我说，既然她要当教练，那就理应承受这些。”

时杳杳听不下去了，猛地收回手：“刚才没有阻止你是我的不对！”

她的目光投在陆晚嫦的脸上，直盯到陆晚嫦勉强扯出的笑容一点一点冷下去。

她说：“陆晚嫦，你常常讽刺别人来这里目的不纯，别人为了待在啦啦队多么辛苦都是应该的，那你呢？你为什么待在啦啦队？你凭什么待在啦啦队？”

在去医务室的路上，时杳杳心情很沉重。她十分清楚，在竞技台上能待的时间是与平时的训练时间成正比的。所以对于日渐攀升的训练量，她并没有觉得有什么不对。

而且，禹教练给大家的指导，都是一针见血、十分中肯。她不知道怎么样定义教练是否合格，但是在她的眼中，禹教练认真、负责，而且队员们也都在禹教练的指导下进步了。

她觉得这样就够了。

第五章

或许是这月色太美好，
或许是因为你恰好在这里。 ▼

1

天已经黑了下来，医务室里透着惨白的灯光，时杳杳问过校医后，向里面的隔间走去。

走廊的灯还没有开，空气中有一种消毒水的味道，穿堂而过的晚风有些凉，时杳杳低头拢了拢衣领，抬起头看见校医所指的隔间的门口站着一个人。

那个人站在阴影处头垂得极低，时杳杳恍然觉得那个背影有些眼熟。

大约是察觉到有人靠近，那个人缓缓回过头来。

居然是萧林疏。

时杳杳的脑子“嗡”的一声，没想到在这里也能够碰见他。

一时间，两个人都没有说话。

光线晦暗不明，时杳杳看不清楚萧林疏的表情。他怎么会在这儿？他是来看禹教练的？

看到时杳杳，萧林疏也微愣了几秒，很快反应过来自己还站在病房门口，于是转身抬步朝时杳杳的方向走来，还特地扬了扬手上的塑料袋。

“我来替队里取医疗用品。”他特地解释了自己的来意，颇有些欲盖弥彰的味道。

他越过时杳杳离去，留下时杳杳在原地一头雾水。

房门的隔音效果不算好，徐相长的声音模糊地透出来。

“桦青，过去的事情就让它过去吧……”

听到里面有谈话声，时杳杳向后退了两步，却阻隔不了低泣声和叹息声穿透门板蹿入耳朵。

……

时杳杳离开医务室的时候心情更沉重了，医务室旁的小花园里虫鸣不断，犹豫了几秒，她在石椅上坐了下来。

“你在想什么？”萧林疏的声音打破了宁静。

没想到，在这里还能碰到萧林疏。时杳杳瞪大眼睛，眼睁睁地看着他在自己身边坐了下来。

“禹教练是一个很好的教练，但是为什么她……”时杳杳喃喃着，嗓子眼儿像是被堵住，没有继续说下去。

沉默了几秒，她忽然又问：“萧林疏，你有梦想吗？”

她的声音很轻，轻到萧林疏生出一种那是梦呓的错觉。

他没有回答。

时杳杳似乎也不执着于这个问题的答案。萧林疏听见她轻笑一声，继续在这寂静的夜色里自问自答，声音飘出去好远。

她说：“我没有。”

很多时候，她感觉人生像是一叶浮舟，四面八方汇聚而来的水流推着他们向前走，唯一真正能够引导其前进的，只有梦想。

但是，她没有。

“在一次训练结束之后，教练说我的心没有沉淀下来，她说没有热爱就没有结果。我不知道是什么意思，直到今天下午，在我质问陆晚嫦为什么要待在啦啦队的时候，我同样问了自己这样的问题……我想不到答案。”

“后来我又问自己，那我是不是热爱武术？”时杳杳说到这里停顿下来，她能够感受到萧林疏凝视的眼神，他在等她继续说下去，“我才发现，与其说热爱，不如说是长久以来的惯性使然，我已经习惯我爸爸给我安排的训练、比赛……”

“这段时间和大家相处，我很喜欢啦啦队的氛围，所有人一起朝着一个方向努力，这样的感觉是我从来没有体验过的。”

说着说着，时杳杳笑了起来。

萧林疏看着她眼中闪烁的光芒，脸上也不自觉地浮起一抹笑，时杳杳此时正好转头，看见这个笑容时不禁愣住。

时杳杳也不懂自己为什么会和他说这些，或许是这月色太美好，也许是她的心底其实也亟待有人，在她卸下盔甲的时候，能够陪伴在她的身边。

而这个时候，刚好萧林疏在这里。

大概就是这样，而已。

萧林疏将时杳杳送回家后再回到家时，已经是一室漆黑。

在回房间的时候，听到外婆的房间传来打电话的声音，他脚步一顿，依稀听到母亲要回国的消息，心里燃起一些自己都说不清的期待。

"……都已经回国了，怎么就不能回家了啊……我身体好不好不需要你管，我都是半截入土的人，看不看都是这个样子，但是林疏……"

房间里，外婆的絮叨骤然停顿，应该是被电话那头的人打断了。

萧林疏控制不住地又向那扇门靠近几分，模模糊糊的对话被房门阻断，他听不真切。

"我是不懂什么梦想什么事业，我只知道林疏是你儿子！十月怀胎、你生下来的、被你丢在秋澜十几年不闻不问的儿子……"

外婆有些哽咽、有些气急败坏、有些口齿不清，还断断续续地说着，“当年你一声不响就离了婚一个人跑去美国，就连仕兴都知道偶尔关心一下我们祖孙俩！”

萧林疏在听到父亲萧仕兴的名字时眼神止不住一黯，他的手搭上了门把。

“你怎么就这么狠心啊……纪舒……”外婆拖长了尾音哀号，像一把生锈的刀，钝钝地割在他的心上。

他慢慢地收回了手，紧了紧拳头，头也不回地向自己的房间走去。

直到靠在门板上的时候，他才像是终于逃脱什么一般长长地叹了一口气。

他的正对面有一个立架，朦胧的月色薄纱一般温柔笼罩其上，上面摆满了用相框框起的排列整齐的各种奖状、证书，还有奖杯……

那是几年前得知母亲要回国的消息后，他特地整理出来的。

萧林疏想起在医务室病房外听见的禹桦青和徐相长的对话。禹教练的声音中有着浓重的忧伤、愤恨和不甘：“这曾经是我的梦想，我可以在赛场上做一整套动作下来不需要喘气，我现在却连在学生面前 solo 一段动作都做不到。我的手一到阴雨天就提醒着我当初发生的事情；我一闭上眼就能看见医生那张遗憾的脸为我的啦啦队生涯判了死刑，告诉我我再也回不去赛场！为什么？都是她，是她熊纪舒，是她毁了我的梦想，是她为了上位不择手段害我摔断了手！断送了我的啦啦队生涯！”

他有些不解，忽然想起了聊天时，时杳杳困惑的脸，他也同样不明白，究竟是因为什么，让他的母亲抛弃一切留在国外，为了她的啦啦队事业……

还有禹教练，她们之间，究竟发生了什么？

那些已经消散在时间里的秘密，还要再过许久才会被揭开？

2

备受瞩目的篮球赛如期而至，几所学校的学生齐聚体育馆内，喧嚣的声浪直冲屋顶。

“咱们学校可从来没这么热闹过啊！”

“是啊是啊，你看，那些穿蓝色球服的是北秋一中的，红色是二中的……”周娴扒在啦啦队训练室的门口一个一个地数过去替队友介绍。

篮球场上十分热闹，时杳杳也跟着好奇地向那儿看去。

这时候，体育馆中响起一阵激昂的音乐声，时杳杳看见北秋一中的啦啦队员整齐地跑进篮球场，快速列队，然后踩着音乐的鼓点舞动手中的彩球，整齐划一地舞动起来……

“快看快看！”

听到训练室门口的惊呼声，队员们纷纷停下训练，向训练室外跑去。

“她们的动作好整齐啊！”

“对啊！你看那个高抬腿……她们的动作都很标准啊！”

“长他人志气……”陆晚嫦看着场上已经接近尾声的舞蹈，在众人之后冷哼，“这些都是基础动作，根本就没有技术含量……”

陆晚嫦的话好巧不巧被一个刚刚下场的一中女生听到，那女生立刻反怼：“是吗？那作为东道主的白鹿洞私立学校啦啦队，敢不敢秀一点有技术含量的让我们开开眼？”女生的几缕短发黏在脸侧，刚刚结束的运动让她还有些气喘，说这句话时她的脸上带着一丝不屑一顾的笑。

两所学校的啦啦队就这么在篮球场边对峙，气氛有些紧张。

有一个一中女生不明就里地问：“怎么回事？发生了什么事？”

时杳杳有些头大，扬起笑脸，尽量使自己看起来显得和气一些：“不好意思，我的队友刚才说的不是针对……”

“刚才，白鹿洞的啦啦队说我们的表演没有技术含量。”那个短发女生冷笑着打断她，故意放大声音。她说完这一句话之后，现场霎时炸开了锅。

“过分！怎么可以这么说！”

“你们才不入流！”

……

场面有些失控，时杳杳皱着眉瞥了一眼人群后的陆晚嫦，一阵头疼，这陆晚嫦真是一颗不定时炸弹。

好在陆晚嫦只是站在人群之后冷眼看着并未再说话，时杳杳冲周娴使了个眼色示意她看好陆晚嫦，然后转过身提高嗓音解释道：“各位各位，我们不是这个意思，也没有说你们表演得不好，我们只是……”

“你的意思是说我们队长冤枉你们了？”不知道是谁喊了一嗓子。

有人马上又说：“就是，我刚才也听到那个长头发的女孩说了！你是想抵赖吗？”

其他人附和：“敢做不敢当，你们要不要脸！”

“你说什么，谁不要脸，是你们给脸不要脸！”看着时杳杳在队伍前努力解释却被对方频频抢白，丁若莹心中恼火，忍不住地出声。

这一句话，像点燃了战火一般，双方都开始激动地指责起来，话语也越来越难听。

“别吵了！够了够了！”时杳杳伸手拦住激动得想要上前的队员，周蕙也牢牢抓住正在破口大骂的丁若莹，观众席上越来越多的人注意到这边的混乱。

“你们啦啦队垃圾，篮球队垃圾，你们学校也是垃圾！”一个梳着马尾辫的一中女生口不择言。

这句话，就像触了陆晚嫦逆鳞一样，本来还想息事宁人的她神色霎时冷峻下来。一边的周娴看着她表情明显不对，上前打算拉住她，却被她挥开。

“刚才那句话就是我说的，难道我有说错？”陆晚嫦傲慢地望着对面的一中女生，“在我看来，你们的人和你们的舞蹈一样不入流。”

空气中有一瞬间的凝滞。

时杳杳气急败坏地瞪着陆晚嫦，她觉得事情已经向着一发不可收拾的局面发展。

“既然这样，PK 吧。”一中啦啦队队长沉声道。

一中众女生附和：

“说得对，PK！让我们看看你们到底多能耐！”

“PK！”

时杳杳眼睁睁看着她们的声音逐渐汇集成统一的呐喊，焦急万分，更令她头疼的是，自己这边队里的姑娘们也不甘示弱纷纷嚷起来了：“PK 就 PK！谁怕谁！”

“不行！教练说过，这次我们不上……”时杳杳冷静地提醒众人。

“杳杳！”队伍中有人不服气地出声，“我们不能就这么忍气吞声！”

“我说不行就是不行！”时杳杳狠狠地强调，目光扫过众人。

“那好，我们一定等着，一定非常仔细看你们的表演。”一中啦啦队队长略有兴味地打量着时杳杳，丢下这一句就带着她的队员离开了。

有一个一中女生离去之前还不忘挑衅时杳杳：“胆小鬼！”

“你闭嘴！”丁若莹冲动地朝那个女生挥舞拳头，随即气得咬牙扭头对时杳杳说，“杳杳，你忍得下这口气？”

陆晚嫦没有给时杳杳说话的机会：“我们平时也排练过，啦啦操肯定不在话下，大家可不要做缩头乌龟，不然就真叫外校的人看扁了！”说着，意有所指地看了眼观众席上望着这边窃窃私语的人。

篮球场两边的篮球队员已经开始在做热身运动，好巧不巧第一场正好就是白鹿洞对阵北秋一中。

“现在不是意气用事的时候，教练也不在，我们平时虽然排练过，但是还没有真正上过赛场。”时杳杳仍在试图劝阻大家，但是显然队员们都被北秋一中的啦啦队激怒了。

“没有尝试过怎么知道不可以？”陆晚嫦首先表达了反对的意见，“别人都骑在我们头上撒野了，难道我们不应该给她们一点颜色看看吗？”

“说得对！不能让她们太得意！”

“就是啊！我们不能长他人志气灭自己威风！”

“让她们看看，我们也不是好惹的！”

时杳杳眼睁睁地看着队员们你一言我一语，一个接一个地说道，少数几个没发言的人虽然没有附和但也没有表示反对。

她们眼神灼灼，颇有种豁出去的气势。

这时候，她知道，这一切已经没有转圜的余地了。

直到她们在赛场中央站定，观众席上爆发出一阵喝彩，声浪扑面而来时，时杳杳依然有些忐忑，她环视身边的队员，紧张得紧抿嘴唇的不在少数。

“别担心，我们可以的！”不知是谁轻声喊了一句。

“就像平时排练一样，不要紧张！”时杳杳也终于松口，希望借此给自己还有大家鼓劲。

音乐响起，是往日里排练用的熟悉的曲调，但是现在听在她们的耳朵里就像是吹响的冲锋号，训练许久跟随音乐跳出熟悉的舞步已经是接近本能的事情。

但是不知道为什么，时杳杳的心中总有一些不好的预感，她总觉得有什么很重要的事情被她遗漏了。

直到她被托举起来，感受到与自己身体接触的那两双手明显的颤抖的时候，她才明白问题出在哪里，她立刻偏头看向身侧另外几个托举的组合。

陆晚嫦正皱着眉对下面两个托着她的女生没好气地说着什么；而另一组队员的身形明显有些晃动，被托举的那个女生外号叫兔子，此刻，她脸上带着就像是小白兔似的不知所措和惊慌，眼睛也不停地瞥向观众席……

观众席上众多惊慌失措的表情在她眼前不停地来回转换，她的耳朵里鸣叫着不正常的嗡嗡声，其中最为响亮的就是她自己的心跳声。

“嘭咚——嘭咚——”

她觉得她的心脏就快要蹦出来，手脚开始不听使唤，她觉得世界都开始天旋地转……

“啊，小心！”

时杳杳看到观众席上的人都捂着嘴，惊恐地看着场中央，甚至有人直接站了起来。这样的场面使得那个原本就惊慌的兔子更加无措，脚一软惊呼着直接跌了下来。

就在那 0.01 秒里，时杳杳有种风起云涌的错觉，观众席因为篮球场上的混乱而窃窃私语的嗡鸣声、队友高喊着兔子的名字围观过去的尖锐叫声，还有场外裁判一脸惊恐地奔过来时吹响的尖锐哨音，都混杂在一起……这一切像是电影里的慢动作，纷杂的声浪清晰刺耳地钻进她的耳膜，她本能地将眼睛闭上，脑海中有一个念头是那么清晰——完蛋了！

0.01 秒之后，时杳杳睁开眼，她惊讶地发现自己不知道什么时候已经挥开人群站在混乱的中心。

时杳杳看到那个叫兔子的女生眼圈泛红、脸色惨白，紧咬着唇不发一言地试图将另一个女生扶起来，那个女生是负责托举兔子的其中一个，现在她疼得面容扭曲地坐在地上，额头上布满汗水。

“赶紧打 120！快！”不知道是裁判还是老师喊了一句，还有几个穿着白大褂的校医跑了过来小心翼翼地在她的胳膊上试探性地按了按，换来了她的痛呼。

“可能骨折了。”校医紧蹙着眉头，下了结论。

3

当救护车鸣着长笛驶离学校的时候，篮球赛已经延迟了半个多小时，体育馆中躁动的声音就像是可以传递的病毒瘟疫，一声盖过一声。

而此时还在篮球场的时杳杳以及跟随在她身后的队员们，就像是被这瘟疫感染了一样，一蹶不振。

时杳杳感受到丁若莹呆呆地望着自己的视线，她一向是不会掩饰情绪的那种人，她的脸上明明白白流露出一种挫败的情绪，越来越多的人望着自己，好像在说：“你说点什么或是告诉我们该怎么做吧？”

此刻她们乱得像一团热锅上煎熬着的蚂蚁，时杳杳也十分想要挽救这个局面，可她根本不知道该如何去做。

篮球场里的观众经历了混乱之后的好奇、围观，还有长吁短叹后，终于爆发出对于占用他们这么久的时间的不满。

“搞什么啊，还不开始！”

“就是啊，浪费了这么久时间……”

埋怨和咒骂马上凝聚成更加高亢的声音——“滚出去！”

时沓沓细腻的神经不知道是幻听还是真实地捕捉到这样一句呐喊，然后就是更多人附和……

队员们都汇聚在她的身边，垂着脑袋小心翼翼地张望四周，让时沓沓错觉她们好像是马戏舞台上不受欢迎的病弱演员。

四面八方都是窃窃私语，其中夹杂了人们的恶意和语含讥讽的嘲笑讽刺……

直到萧林疏走过来，说：“你们影响到我们比赛了。”

这句话中并没有过多的指责，只是简单地阐述一个事实，就已经让在场的啦啦队队员羞愧地低下头。

但是时沓沓还是一动不动，她头埋得很低。

良久，他听见她轻声说：“对不起。”

“你搞错对象了，你们觉得愧对的应该是你们的队友、教练、学校，还有场上一直被你们耽误的观众。”

萧林疏没有说重话，时沓沓却越发无地自容。

在混乱发生的时候，张衍就在一边不知道该如何安慰时沓沓，萧林疏的话无疑就是戳伤口，张衍看时沓沓越来越苍白的脸色，鼓起勇气抗议：“萧林疏，她已经很自责了，你怪她有什么用？”然后动作幅度很大地将她拉向身后。

张衍的维护令萧林疏不由自主地一眯眼睛。

“她是队长，就应该比队员们更加坚强，如果连这种程度的话都受不住，趁早别干了。”说着，他看了脸色苍白的时沓沓，眸色幽深，“张衍，比赛马上就要开始了，处理好了赶紧过来，不要耽误时间。”

萧林疏走后，张衍才扳着时杳杳的肩膀，看着她的眼睛，说：“杳杳，你别把他的话放心上，他那人就是……”

时杳杳的目光随着萧林疏的背影移动，他没有说错，现在这个时候，兀自难堪是最没有用的。她回过头打断了张衍安慰的话：“你放心，我知道他没有恶意。”

张衍挠了挠头，啊！是不是要解释一下他想说的她理解的那个意思？

第二天，体育馆发生的那起意外事件还在持续发酵，啦啦队这个词语频繁地出现在大家的讨论之中。

时杳杳几乎把课余时间全都交给了啦啦队训练，她已经不记得昨天自己是怎么离开篮球场的。

丁若莹的眼神不住地往时杳杳那边瞥，时杳杳一动不动地坐在训练垫子上已经很久了，不论是谁从她的身边走过或是和她说些什么都好像被她屏蔽在外。

她就像是一块磐石，无论是千军万马，抑或是惊涛拍岸，一直岿然不动。

“不好了！不好了！”周娴着急忙慌地从训练室外跑进来。

“干什么？还嫌我们队不够惹眼啊！”周蕙瞥了眼门外，好在篮球场上的角足够激烈并没有人注意这边，她没好气地将周娴拉进训练室，手在周娴的背脊上顺了顺，“气儿喘匀了，好好说！”

“到底怎么回事？”丁若莹还有好几个队员也凑过来。

周娴顺了顺气，扯着嗓子嚷了起来：“今天下午各班的班主任找到校长办公室去了……说是要革禹教练的职！”

一直沉默的时杳杳心里“咯噔”一下。

前一刻时杳杳在想的也是禹教练，教练受伤至今没有回啦啦队，她陷入了希望教练回来又害怕教练回来的循环中，但是现在，她坐不住了……

“为什么要革职？”丁若莹的脸色也沉了下来。

“主要就是李静的班主任。你知道的，李静的班主任外号‘灭绝师太’，一直视班上考勤考评如命，本来李静成绩起伏不定她就不赞同李静参加啦啦队，现在李静摔伤了这件事她没法向家长交代，就在办公室抱怨，结果几个班主任都不乐意了，就一起闹去了校长那儿！”

李静就是昨天被兔子压伤的女生。

时杳杳对李静的班主任也略有耳闻，平日里就是个鸡蛋里挑骨头的主儿，啦啦队在她眼中是十恶不赦的存在，现在又出了事故，禹教练更是在她手里讨不到好。

周娴将事情的来龙去脉说清楚后，长长地喘了口气，又接着道：“听说校长原本有意将这件事情压下，但不知道是谁通了风，禹教练自己先送上门了，现在已经在校长办公室了。那些个班主任逮着机会一直在数落她没有责任心、对学生管理不严格……对了，还说她当年在学校的时候是被她所在的啦啦队强退的！”

“怎么可以这样！”

“太过分了！”

“就是啊！这件事根本就不关禹教练的事！”

大家愤愤不平着。

丁若莹眼尖地看到时杳杳霍然起身向训练室外冲去，她喊了一句：“杳杳，你要去干吗？！”

时杳杳一只手扶在门上，回头看了她们一眼：“我要去校长室，澄清这件事与禹教练无关。”

“我跟你一起去！”丁若莹率先出声。

“还有我。”周蕙站了出来。

“这么刺激的事，怎么能少了我呢？”周娴露出一丝坏笑，显得兴致勃勃。

“队长，你可不能忘了我们！”其余几个女孩纷纷站起身表态。

时杳杳看着仅剩的七个队员，心中有些动容。经过昨天的事，原本十二人的队伍变成了七人，李静受伤，兔子因为内疚退出，陆晚婂和另一位女孩也不再来训练，她以为这支队伍已经是一盘散沙……

此刻，她才真正地感受到啦啦队就是一个整体，她们每个人都是不可或缺的一员。

她察觉自己心中的感动就像是海啸一样喷涌而出。

4

校长室里，已经乱成了一锅粥。

“校长，不管怎么说，啦啦队的事现在全校都传得沸沸扬扬，您特地从美国请回来的教练惹出了这么大的乱子，您不给我们一个说法是没有办法服众的！”

“就是啊！这件事情如果闹出去，被媒体知道了！那我们学校的声誉肯定是会受影响的，本来我们学校的招生率就每况愈下，您再这么胡来，校董们肯定也不会买账！”

“说得对，学生还是要以学习为本，成绩不狠抓，一天到晚穿着超短裙去招摇会走歪的！”

……

“大家停一停，七嘴八舌的，我只听见你们嗡嗡嗡，还不知道发生了什么事！”陆校长挥了挥手打断了班主任们不休的抱怨，“哎哟，这年纪大了就是精神头不好。”

“校长！”一个秃顶的班主任看校长想要蒙混过关，颇带怨怒。

“好好好，我知道啦！各位班主任都不容易，但是好歹也给人家教练一个申辩的机会啊！你就算上法院还有一个被告澄陈述环节啊！”陆校长和颜悦色地堵住那个班主任还没有说完的话，“禹教练，这件事情你有什么要解释的吗？”

“校长，这一切都是我的失职，李静受伤也是我指导不善导致的，后果我会一力承担，不会连累学校，也不会给学校的声誉蒙羞。”禹桦青低着头，站得笔直。

一边的几个班主任纷纷嗤笑出声，校长脸上也露出为难之色。

“你拿什么承担？啊！”秃顶老师气盛地拍着桌子呛道，“这件事是你说承担就能承担得了的吗？喝过洋墨水就真以为是人民救星了啊！先不说校董那边无法交代，就说人家学生家长，是你安抚啊！是你赔偿吗！”

“孙老师，您别激动！”徐相长看着禹桦青尴尬地站在那里被指着鼻子骂，心里不痛快极了，但还是压着火气笑眯眯地拉住孙老师。

“孙老师，其实这件事没有您认为的那么严重，家长那边的情绪也没有……”

“你的意思是说我小题大做？就是因为你们这些不靠谱的老师，当初在学校的时候就不守规矩，没想到现在都做老师了还这么没分寸！”孙老师到现在还记得当初禹桦青在自己班上不守规矩的样子，想起来就气得吹胡子瞪眼。

“孙老师，您不用指桑骂槐，我就在这儿，您有什么想骂的尽管招呼，但是这件事情与陆校长没有关系，我一力承担。”禹桦青知道在这样的场合这么说并不恰当，但她骨子里就有那股天不怕地不怕，凭一腔热血就想把天捅破的冲动。

果不其然，孙老师被气得吹胡子瞪眼：“你！你……你！”

他“你”了老半天，脸涨得通红，硬是没有憋出其他的话来。

“这件事情，不是禹教练的错！”校长室门口传来的这一嗓子就像是按了暂停键，争执戛然而止，老师们都向门口望去——陆晚嫦站在门口。

“是因为我冲撞禹教练使她受伤一直在医务室休息，禹教练一直不让我们去参赛，是我引发了与北秋一中啦啦队的争端，也是我撺掇啦啦队队员在没有准备好的情况下就上了场，这一切都是因我而起，禹教练并不在场，不能控制事态的发展情有可原……”陆晚嫦的眼神直直地凝视着前方，就这样没有丝毫表情地“认罪”了。

时杳杳等人赶到校长室的时候，就撞见了这一幕，几人不敢置信地呆愣在门口。

“校长，这次的意外，我也难辞其咎。”时杳杳先反应过来，走进校长室，言辞恳切、不卑不亢，“我是队长，如果我能够在事情没有发生之前意识到其中的利害关系，就会阻止这一切发生，但是我妥协了，作为队长，这是我的失职！”

跟随时杳杳而来的几人瞪大了眼睛望着时杳杳。

“时杳杳，怎么什么事情你都要和我争！我知道你好胜心强，但是这件事情，因我而起，我不需要你假好心！”陆晚嫦和时杳杳之间不过是一张课桌的距离，脸上的嫌弃还有鄙夷从没有表现得这么明显过。

“我只是陈述事实。”时杳杳依旧不松口。

“你们这是胡闹！”禹桦青显然没料到会有两个队员站出来认错，嘴唇哆嗦着，“这里是校长室，不是你们胡说八道的地方！赶紧给我回去！”

“禹教练。”陆校长笑呵呵地拦下禹桦青，他的视线一直落在自己的外甥女陆晚嫦身上，别看这丫头僵着一张脸好像一副不屑一顾的样子，但是那眼神之中的关心还有急切，瞒得过别人，可瞒不过他。

对于陆晚嫦这样的反应，他内心是有些惊讶的，但是他表面上仍保持平静继续道：“我看这些学生说得也不无道理啊，这件事情呢……”

“校长，不管怎么说都是我这个教练的失职，与我的队员没有关系，她们可都还是孩子！”禹桦青着急地将责任揽在自己身上。

“禹教练，你别着急，”陆校长一只手搭在她的肩膀上，“我觉得一件事情发生了，与其责怪是谁的过错，不如想一想如何去弥补！”

大家都不明白校长这话的意思。

“所以李静家长的安抚工作呢，就交给禹教练了。禹教练你务必要将这个工作做好！”陆校长眼瞅着几个班主任脸上急切之色明显，连忙继续道，“啦啦队这边呢，年轻人嘛，谁没有个年轻气盛的时候？但是也不必急于一时，希望你们能够记住这次的教训，在全国啦啦队比赛上拔个头筹！”

“校长，你怎么能这么糊涂啊！”其中一个来抗议的班主任完全被校长的一番决定给气得快哭出来了。

那是周娴的班主任，吓得周娴赶紧往周蕙身后躲了躲。

不待其他班主任集体发作，陆晚嫦赶紧一步跨出来表态道：“校长，您放心！我们一定好好训练！”她就知道当初舅舅煞费苦心地把自己骗进啦啦队，现在怎么可能放弃！

时杳杳等人看陆晚嫦的样子也反应过来，齐刷刷地喊：“校长放心，我们一定不会辜负校长的期望！”

学生们的表态并没有换来班主任们的放心，其中最老谋深算的孙老师不急不缓道：“陆校长，不管怎么样，啦啦队队员确实是因为啦啦队的训练耽误了学习，一所学校不论社团活动做得多好，首先得以学业为主，学习成绩排名才是重中之重，校长你不能顾此失彼啊！”

“孙老师放心，我们啦啦队成员保证，学业一定不会落下！”时杳杳信誓旦旦，其他女生也相继附和。

“你保证？你拿什么保证？”孙老师气不打一处来。

“这样吧，以期末考试作为考核，如果啦啦队队员中有超过三名队员的成绩排名低于上次考试排名，那么下学期啦啦队就解散。”陆校长伸出三根指头，对在场的各位班主任道，“你们看怎么样？”

时杳杳担忧地向身后看了看，她们是一个团队，她肯定是无法为所有人做出这种承诺的。

没想到，一众女生不带一丝犹豫地异口同声道：“没问题！”

声音齐整洪亮，陆校长努力隐藏自己嘴角的得意笑容，看向一脸铁青的班主任们。

“希望校长说到做到！”孙老师张了张嘴还想说什么，看校长一脸我意已决的样子，转念认定啦啦队不可能做到，只能恨恨答应下来。

众位班主任终于离开校长办公室，啦啦队队员们也向校长礼貌告别，校长办公室只留下禹桦青。

“校长，让您为难了。”有一丝歉疚和自责在禹桦青脸上不着痕迹地晕开。

“咳，说什么啊！”陆校长摸了摸鼻梁上的眼镜，他心里清楚自己外甥女倔强归倔强，但绝不会说谎，所以刚才陆晚嫦所陈述的，他相信那就是实情。

他在心中叹了口气，犹豫道：“晚嫦那孩子，桦青你别怪她，她就是从小骄纵惯了，也怪我妹妹走得早。唉，这孩子有那么些小脾气，但是没什么坏心眼。不过，如果她做了什么出格的，你也不用留情面。”

禹桦青笑了笑，刚才陆晚嫦能为她说话，其实她是完全没料到的，这个孩子，面冷心热啊。

徐相长等在校长办公室走廊的拐角处。

看见禹桦青出来，他迎上去：“接下来打算怎么办？我看你那支队伍的人员，都不够原来的半数了吧！”

“还能怎么办，继续招人呗。”禹桦青故作轻松地耸耸肩，“但是这次恐怕要招些男生了。”

“怎么说？”

“其实这个问题上周我就在想了，最近这几档子事下来，我更加坚定了这个想法。”顿了下，她接着说，“女生力量上的不足不是朝夕之间就能练习弥补的，只能由力量相对强的男队员来补足，要知道，最好的啦啦队都是混搭！”

“有什么要求？”

“你这样的反正不行……”禹桦青故作遗憾地打量了徐相长一眼，看着徐相长哑然的样子自己先笑出声，“逗你的，吃苦耐劳，能负重，有肌肉，基本上就是这样……”

徐相长捏着下巴思索，半晌沉吟道：“我这里，还真有个不错的人选……”

啦啦队一行人走在校道上，心事沉沉。

时杳杳满心复杂地时不时抬眼瞅着走在前头的陆晚婼，这一次并不是握手言和，此时她们都心知肚明。

陆晚婼停住脚步，双手抱胸，还是那样平静而嚣张：“怎么，刚才在校长办公室不还能说会道吗，现在这样干巴巴地瞅着我是怎么个意思啊？”

没有人说话。

众人脸上的表情变幻莫测，时杳杳被陆晚嫦那故作不在乎的紧绷表情给逗笑了。

“去训练吗？”时杳杳颇为无奈地率先示好。

陆晚嫦的嘴角不自觉地弯了弯，她昂着头道：“必须去呀，没我不就让你们得意了啊！”

她还是那副蹺兮兮的样子，末了还加上一句：“我是不会让你们这么称心如意的！”

丁若莹气得牙痒痒：“我们知道你不是那种体贴的人，不用强调了！”

就这么一会儿，几个人又吵了起来，时杳杳有些猝不及防。

她抬起头，办公楼上漆金的校训“团结”两字折射着阳光，熠熠生辉。她想，她大概知道这两个字背后的意义了。

大家回到训练室没有多久，禹教练就到了。

看着教练，大家多少都生出些忐忑。

“由于我个人身体原因，近段时间对你们疏于管理，现在队伍的人数远远达不到参赛要求，所以我们下一周要招收新队员。”禹教练的话还是一贯的简洁，一瞬间，时杳杳有些恍然。

“当然这次有些不同，因为我们要招收男队员。”

对这几个女孩子来说，这个消息无异于晴天霹雳。

“教练，为什么？”

“啊！要招帅一点的啦！”

“丁若莹，你闭嘴！”

……

禹桦青看着这一群你一句我一句完全忽略她的队员，觉得头更疼了。她大力拍了拍手掌，待众人终于停下来后，解释道：“优秀的啦啦队一般都是混搭，在技巧啦啦队里，有男队员能够最大程度上弥补女生体能上的不足。抛接、金字塔等这些有赖于体能支撑的动作，没有强负荷的体能训练是没有办法完成的，经过这次篮球赛一事，你们应该能够体会到这一点……”

听到篮球赛，队员们都垂下了头。

“不要沮丧，大部分队伍都要经历失败，你们应该庆幸的是在起步的时候跌跤了，而不是从高处跌下。这一次并不是你们的能力不够，只是彼此之间的配合还不够纯熟，这个只要增加训练就能够改善……”

这一下午，禹桦青很难得地安慰了大家许久，习惯了被严厉对待的队员一时间觉得哪里怪怪的。

下训后，禹桦青叫住了时杳杳，她欲言又止的样子让时杳杳无所适从。

“你知道啦啦队存在的意义是什么？”

时杳杳摇了摇头。

“啦啦队是为了让参加比赛的人充满力量而存在的，但是在加油的过程中，你首先要让自己充满能量，才能去感染别人。而作为啦啦队队长的你，时刻保持清醒，事事以团队荣誉为先，这是我讲过多次的啦啦队精神——团队精神，是你要时时刻刻记在心中的。”

禹桦青悄悄用眼角余光打量时杳杳，语重心长道：“要知道，在漫无目的的日子里，人要有精神，生活才会有乐趣。”

她从口袋里掏出一张纸，递给时杳杳。

“这是徐老师推荐的男队员，过两天应该就会来报到了，平时训练你带带他。”

时杳杳接过，认真地看了一眼，心里不由得感叹好巧。

文一班，彦使楚。

时杳杳并不知道，这个人的出现，才是他们所有人真正开始成长起来的一个契机。

很久之后，时杳杳还在想，这世界上有些人的不期而遇，可能真的就是命中注定。

第六章

对，她就是带刺的陆晚嫦，
才不要被轻易感动。▼

1

半个月的时间，训练室里陆陆续续增加了许多新面孔。

刚放出啦啦队招收新队员的消息，周娴在训练的时候念叨最多的一句就是“新来的成员会是什么样子”，但是在一周后她意识到根本就是自己一头热，因为前来报名的人实在是寥寥无几。

不论是迫于班主任的压力，还是前段时间篮球赛的意外事件的后续影响，这样门可罗雀实在不是什么好现象。

就在大家愁苦万分的时候，是陆晚嫦解了大家的燃眉之急。

“这是小野、月亮、喵喵……”陆晚嫦就像在沙场点兵一样一溜数过去给众人介绍她带来的人，三男三女。

见时杳杳一头雾水的样子，她翻个白眼解释道：“他们六个以前是舞蹈队的成员，后来蒋瑶做了队长，他们就退出舞蹈队了，现在想来你这儿走个后门。”

时杳杳还在发蒙，喵喵刻意偏头看了眼陆晚嫦有些发红的耳朵，没憋住“扑哧”一声笑了出来：“队长，分明就是你求着我们来的！”喵喵在舞蹈队和陆晚嫦相处了一年，早就把陆晚嫦的别扭性格摸清楚了。

“她这是怕你拒收。”陆晚嫦平静地反驳，对着时杳杳解释。

喵喵噎了一下，心想我是快递吗？还能拒收！

喵喵还想反驳，陆晚嫦瞪了她一眼，她撇撇嘴做了个鬼脸不吭声了。

一旁的丁若莹被震惊到了，她没有想到这个世界上还有可以和陆晚嫦和平相处的人。但是转眼想到自己的任务，她也无暇去刺激陆晚嫦了，热心地举荐张衍：“张衍也是学武术的，虽然是个半吊子，但是也在平均水平之上。再说他们篮球比赛都打完了，明年高三了恐怕也不会开赛了，不如……”

没想到，拉来了张衍的同时，还意外收获了江旭。

重新组建的啦啦队召开了第一次会议。

“他怎么在这儿？”丁若莹的眼睛紧锁规规矩矩坐在角落里的彦使楚，脑海中浮现起那天在文一班门口的所见所闻，偏了偏头问一边的陆晚婼。

陆晚婼百无聊赖地顺着丁若莹的眼神望过去，看到是彦使楚，漠不关心地低头继续绾头发。

“他不是你们班上那个谁吗？”丁若莹刨根问底。

陆晚婼眉头紧蹙，拢好最后一丝头发，忽地站起身，居高临下地冲她说：“你要八卦去找周娴，我对懦弱无能的人不感兴趣也并不在意。”

丁若莹气结，一边靠着周蕙打盹的周娴好像听见有人提起自己的名字，唰地抬起头张望。

看她一脸困惑的样子，周蕙忍笑将她继续压倒在自己肩上：“乖！继续睡，你刚才是做梦。”

而在人群外的角落里，彦使楚正弯腰系鞋带，没有人留意到陆晚婼说完那句话后，他刻意的躲闪动作和一下子失去光彩的眼睛。

禹桦青从训练室里间的办公室走出来。

“安静。”她满意地看着训练室里骚乱的平息，摊开手里的蓝色文件夹，“点一下名。”

禹桦青每念一个名字后响起的高昂答到声汇成了一支青春的旋律，傍晚的夕阳斜斜地洒进训练室，每一个声响都扬起空中的尘埃磕磕绊绊地跌进金色阳光里。

“萧林疏。”

禹桦青平静的嗓音刚刚落下，训练室里的空气都好像伴随着这个名字沉淀下来，许久没有得到回应。

禹桦青的视线从名单上移开，在训练室里找寻起来，发现萧林疏确实不在的时候微微皱了皱眉。

时杳杳不敢置信，丁若莹也是木愣地张着嘴，其他女生也都是一脸的不可思议，她们都没想到萧林疏的名字会出现在名单上。

“我刚刚是不是听错了？咱们学校里居然还有人和队长重名？”江旭拍着脑袋哈哈笑着冲身边的张衍道，随后见张衍一脸看二愣子的表情看着自己，心中忽然有些毛毛的，隐隐有个不敢置信的猜测，瞬间一脸惊恐。

门口响起一阵敲门声，然后是一声：“报告，教练对不起，我迟到了。”

听到这个熟悉的声音，江旭像是被踩到尾巴的猫儿，瞬间浑身僵硬。这个声音，真的是熟悉到不能再熟悉，他不敢回头，好像不回头这一切就不会真的发生。

就在他自欺欺人的时候，萧林疏已经走近。

张衍好笑地看着整个人都僵了的江旭，想起篮球赛结束的时候江旭兴致勃勃地拍着自己的肩膀表示终于脱离了萧林疏的魔爪，心中涌起一股怜悯和好笑，他默默用嘴型对江旭说：“节哀顺变。”

其实不止江旭，时杳杳也呆住了。

萧林疏怎么会出现在这里？她的心里掠过千万种想法，但是任凭哪一种都没有办法解释过去对啦啦队极其厌恶的萧林疏，此刻居然会以啦啦队队员的身份出现在这里。

那个高瘦的身影在窗边坐下，橙色的阳光勾勒出他轮廓分明的侧脸，另一半被藏在阴影之中。时杳杳只远远地看了一眼就赶紧移开了目光，感受到整个心脏像是炸开的烟花，“轰”的一声就开始狂跳起来。

不出意外，在江旭死灰般的脸色中萧林疏成了男队的队长，但是很快，在教练宣布男女生交叉训练的时候江旭又开始变得兴奋。

江旭的目光落在了坐在镜墙前的时杳杳身上，也不管她身边坐着的彦使楚，蹭到她的另一侧蹲下，绞着手忸怩讨好地笑道：“小师妹，我和你一组吧！”

“江旭，你给我过来！”张衍的注意力一直在时杳杳身上，看到江旭没脸没皮的样子赶紧跟着冲过去，不客气地伸手卡住江旭的脖子，不管他的大呼小叫把他拖到训练室中央，规劝道，“你知道我师妹很凶残的，就你这身板，你肯定吃不消！”说着眼睛不停地四处扫视，“我看这个美女安静温柔就很适合你。”说完把他往周蕙身边的软垫上随手一推。

“会劈叉吗？”周蕙也不管被丢在自己面前的是谁，淡定地问道。

“啊？”江旭还没有来得及痛斥张衍重色轻友的行为，就被周蕙的问话给吓得面无人色。

张衍安顿好江旭后，窃笑着拉过时杳杳叮嘱道：“师妹，你以后离刚才那个人远一点，他心眼多着呢！”

“论数心眼多这里谁能多过你？”时杳杳白了他一眼，“不过你来得正好，若莹不太会单手后空翻，你和她一组教教她！”

“啊！”张衍闻言一张脸苦了下来，“我想和你一组啊！”

“我为什么要和你一组？你什么水平我能不知道！”时杳杳看张衍那不情愿的样子，威胁道，“你去不去？你不去晚上就别想提前下训！”她知道张衍去年加入了一个校外舞团，每周五晚上会在中心广场的音乐喷泉边有排演，今天正好周五。

“去去去！小祖宗你说什么就是什么！”张衍连连摆手，等到时杳杳笑着叫来丁若莹才小声嘟囔，“怕了你了！”

彦使楚坐在镜墙面前，透过镜子看着大家笑着凑在一起，他的眼神下意识地向身后的陆晚嫦瞟去。三个男生将她围在中间，为谁与她一组争执着。陆晚嫦皱着眉脸上满是不耐烦，时不时抬头左右看看。

彦使楚错眼望着镜子里的自己，木愣的样子映入眼中，只一眼便赶紧低垂下头，飘落的碎发掩盖了眼中的落寞。

“你们有完没完？”陆晚嫦的耐心已经耗尽，推开几人向坐在镜子前的人走过去，站在他的身后拍了拍他的肩膀，“哎，你，起来。”

彦使楚在听到陆晚嫦的声音的瞬间，立马僵直了脊背，深呼吸几次缓缓站起身。

陆晚嫦看着比自己高半个头的男生，他耷拉着头，她偏着脑袋才能透过略长的头发窥见他被挡住的脸，不由得懊恼道：“怎么是你？”

她刚才被缠得不厌其烦，只是想随便找个人摆脱，却没想到镜子前面坐的人是彦使楚。她几乎是立刻就掉头，却又在心中挣扎片刻，终于妥协转身，没好气地道：“我和你一组。”

另一边，时杳杳瞥到一旁的萧林疏，正惆怅着把他分给谁，萧林疏就已经一个旋身来到她面前，直接要求道：“我和你一组。”

2

每天的训练照常进行，禹桦青教完动作要领之后便要求大家分组练习。

“这是 down A 的标准型，必须把手收在与下巴持平的位置，像这样，这是 applauding 也就是加油式。”时杳杳一边示范一边向萧林疏讲解，萧林疏的目光时不时落在她的脸上。

恍惚之间，她板着脸严肃的样子与记忆之中那个一脸倔强的稚嫩面孔重合。

时杳杳收回手的时候，抬起头就看见萧林疏注视着自己的眼睛里带着一丝不可捉摸的笑意，她的脸唰地就红了。

“啊！周蕙你轻点轻点！”江旭保持青蛙趴的姿势趴在墙边，手不停地撑地试图支起上半身。

禹桦青抿着嘴冲周蕙使了个眼色，于是周蕙把他的臂弯压下去。

“啊——”江旭号得更厉害了，痛苦凄惨的声音引得训练室里的其他人都浑身一颤。

禹桦青也被他吓了一跳：“号什么？保持这个姿势二十分钟。”

“教练……不行啊……十分钟！最多十分钟！二十分钟我会死的……”

“二十五分钟！你如果再讨价还价……”禹桦青的话还没有说完，就被另一个尖锐的嗓音打断了。

“你搞什么？你到底行不行啊？”陆晚嫦大声呵斥。

彦使楚手足无措地站在原地，慌乱道歉：“我……我我……”

“你你你！你是结巴吗？”

彦使楚瞟见越来越多的人留意这边，他努力压低声音说：“对不起……”脸涨得通红，头又低了下去。

“啧——”陆晚嫦看他这低眉顺眼的样子越发不顺眼，“你别做出这副样子了，你一个大男人，不知道的还以为我把你怎么样了。”

一边不明所以的人都被陆晚嫦这句话逗得哄堂大笑。

彦使楚更加难堪："对不起。"

陆晚嫦脸色更难看了，双手抱胸，翻了个白眼："我说真的，你赶紧退出吧，肢体都不协调，留在这里也是害人害己！什么也做不好什么也记不住，说你一句你就可怜兮兮的，真是朽木难雕，浪费……"

"陆晚嫦。"禹桦青面色不善地打断她，"你跟我过来。"

陆晚嫦跟着禹桦青走进里间的办公室。

关上门，禹桦青疾言厉色道："我说过多少次，团队精神！团队精神！你有三头六臂？一旦上了舞台和你互相扶持的只有你的队友，你们要一起完成！背式衔接、摇篮接……这些动作哪一个是你陆晚嫦凭一己之力能够做到的？更别说叠罗汉了！"

陆晚嫦瞪着眼直视禹桦青，她不觉得自己刚才说的话有什么错，于是反唇相讥："那如果碰到猪一样的队友就是活该我倒霉吗？他犯错凭什么要我来买单？我又不欠他的！他彦使楚技不如人那就得让位！我还能指望他跟我打配合？他不拖我后腿都不错了！你稍微靠近他一点就脸红，你说他一句手就抖得跟七老八十的老太太一样，关键时候还不得吓出心脏病抽过去啊！"

禹桦青被她冥顽不灵的样子气得拍了下桌子："任何事情都不是生来就会的，你刚开始学舞蹈的时候，也有人在边上对你冷嘲热讽吗？是，他现在基础差，但凡你在边上耐心教教他，都比你现在冷言冷语要好得多！”

陆晚嫦张了张嘴想要说什么反驳，但最终只是负气地扭过头。

禹桦青看她还是一副不服气的样子，重重叹了口气：“我知道你看不起他。是，他也许在你看来根本就没有什么优点，但是我告诉你，他比你们很多人都要更强大，你可能不把我这句话当回事，我也明白。”

陆晚嫦没有说话，她压根儿不会认为胆小鬼一样的彦使楚会有多强大。

禹桦青手指搭在桌上一下一下地敲，又叹了一口气说：“适当的优越感可以使人自信，但是优越感太盛就是自负，就是眼高于顶！你看看你现在这样子，不把任何人放在眼中，你是不是觉得你可以一个人撑起一个啦啦队？我告诉你，在啦啦队里你这种心态的，就连上台的资格都没有！而且，我的队里也不需要个人的卖弄炫技！”

这段近乎指着她鼻子谩骂的话将陆晚嫦激怒了，她的眼眶涨得发红：“彦使楚有什么地方值得我看得起的！就凭他随便是个人都能欺负他那点破事？那我还真高看不起！是，我是有优越感，那是因为在这里，”她深呼吸，伸出手指着训练室的方向，“在这个队伍里，没有人比我更优秀，论舞蹈的专业素养，在这个队里谁比得上我？我从小就开始学舞蹈，大大小小的舞台不知道上了多少，我需要在这里卖弄炫技？在您这里时杳杳当队长，就连丁若莹您都另眼相看，我怎么就不如她们了！”

训练室外，练习暂停，大家围在一起窃窃私语，时杳杳也不知道如何安慰彦使楚，求救般看向萧林疏，萧林疏却一脸冷淡地转过身继续拉筋。

时杳杳局促地站在彦使楚身后，问：“怎么回事啊？”

“都是我不好，是我太笨了，什么都学不会……”彦使楚垂头嗫嚅，浑身像被抽了脊椎一样佝偻在那里。

一边的月亮闻言嗤笑出声：“你要是不笨的话，就知道要藏好你那些心思。”

彦使楚的脸瞬间涨红，双手不自然地绞在一起。

“什么意思？”时杳杳对他们莫名其妙的对话有些蒙。

“他呀……”月亮努力控制自己不笑出声，陆晚婼还在舞蹈队的时候，他就见识过许多有贼心没贼胆的人，自从陆晚婼和彦使楚搭组之后，他就看见好几次，只要陆晚婼稍微靠近彦使楚一点，彦使楚就会惊慌失措，甚至做动作都会同手同脚。

要知道，陆晚婼向来耐心就不好，彦使楚越是这样就越会惹她讨厌。

正要解释给时杳杳听的时候，禹桦青的办公室门开了，月亮立马噤声。

陆晚婼怒气冲冲地在众人中巡视，找到彦使楚，她冲到他的面前，不等众人反应，冲口而出：“你不是想学吗，你看好了！”

她后退两步，站定后瞬间起势，她的身体柔软得就像是凌空飞舞的缎带，灵活而又柔韧，大踢腿落地站稳之后马上又是一个平转，凌空一字马之后紧跟着原地二十一鞭腿旋转，扭头时眼睛仍然死死地盯住彦使楚……

她停下的时候，胸口还在止不住地起伏，上前几步走到彦使楚对面，轻蔑道：“你学得会吗你！”

丢下这一句，她拎起自己的背包离开了训练室。

彦使楚的视线随着陆晚婼离开的身影移动，阳光渐渐将她身影笼罩的那一瞬间，他想起高中入学庆典上，陆晚婼在台上表演节目的情景。

漆黑的礼堂里只有舞台上一束光，陆晚婼穿着一身长水袖的演出服，全场的目光都那么自然地笼罩在她的身上，她的身影瑞彩蹁跹影影绰绰。

后来入学的第一天，她站在讲台上，是那么自信，神采飞扬的样子也深深震慑了他……

彦使楚呆呆地陷入回忆里，时杳杳以为他被陆晚婼刺激到了，赶紧安慰他：“她就是心直口快，你别放在心上。”

彦使楚握紧拳头，晦涩地朝她扯扯嘴角。一边的月亮张了张嘴想说什么，禹桦青从办公室走出来，她叹了口气，冲时杳杳道：“时杳杳，以后你给彦使楚讲解训练。”

3

啦啦队二十三个队员已经正式定员，伴随着新一周开始，许多问题也不得不摆上台面正式面对。

“大家知道，上次在篮球赛上发生的意外事件，学校流传着许多流言蜚语，”说到这里，时杳杳忍不住看了一眼坐在外围的萧林疏。见萧林疏仅仅只是盯着地面，她在心中舒了一口气，但是仍有些涩涩的，“我总结了一下，主要原因在于平时的整体训练还不够，还有一个很重要的原因就是，我们的队员很大一部分都是新手，在过往的经历中并没有什么舞台经验，所以导致在正式上场的时候难免会有怯场的现象！”

看对面的队员们的脸都绷得很紧，时杳杳笑笑：“这很正常，我第一次参加青武赛的时候，我的手脚也抖得厉害……”

“那后来呢？”江旭忍不住问。

时杳杳愣了一下，没有想到这个时候有人会关心这个问题，她思索了一下，有些不好意思，但还是如实说了：“被揍得很惨……”

可能是她皱着一张脸的样子太有画面感，大家一下就笑开了。

其实，时杳杳对于那场比赛的记忆已经有些模糊，之所以还记得不是因为那是第一次上台经历太惨痛，而是输了比赛之后，她在父亲脸上看到了强装镇定和掩盖不住的失望。

张衍听时杳杳一脸轻松地说着过去的失败，没有笑，因为他也记得那次，下场后站在时父面前的时杳杳那惭愧和紧张的表情，在时父默然转身的瞬间，化作一汪冰凉的水，浸透骨髓。

他其实对这对父女的相处模式十分困惑，时父对时杳杳是否优秀的判断标准就是她在武术上取得的成绩。时父希望时杳杳成为一个合格的接班人，所以并不像寻常父亲对待女儿一般疼爱，而是十分严格……

“你想什么呢？”丁若莹推了推一直在发呆的张衍。

“啊，没事……”他被丁若莹吓了一跳，挠了挠头。

看着其他人都在激烈地讨论着，那边的时杳杳也是皱着眉头一脸苦恼，他好奇地问：“刚才都说什么了？”

“在讨论怎么样增加表演机会呢。”丁若莹见他一脸若有所思，“怎么？你有办法？”

她原本是随口一问，但是没想到张衍狡黠一笑，慢悠悠地说：“我还真有办法。”

市中心的音乐广场，有一口天然喷泉，虽然这口音乐喷泉到底什么时候有水全赖天意，但是这仍然是附近市民遛弯健身的最好选择。广场一角有个固定的小舞台，每周五都会有一支年轻的乐队在这里表演，今天并不是周末时间，却意外地有一群年轻人在舞台上忙忙碌碌准备什么。

他们搭建了一组音乐设备，一个打扮朋克风的男孩在上面调试音响，隔几秒冲用话筒试个音。

“嘿，骆驼你够意思啊，谢谢你啊，算哥们欠你一个人情，麻烦你跑这一趟了！”张衍跳上舞台大大咧咧地揽住被他称作骆驼的朋克男孩的肩膀。

骆驼晃了一下头顶耷拉着的一绺麻色长发，故作不满地推搡他，说：“少废话了，你有事哥们能不来吗！赶紧的啊！”

张衍捶了捶他的肩膀，跑向一边的队友们，兴致勃勃道：“那个是骆驼，搞音乐的。我加入的舞团每周五都会在这里表演，但平时这个场子都是空在这儿的。练胆量，最好的方式还是多上台，嗯，被人看麻木了就放开了。”他说这话的时候嘴角向右边高高地扬起。

啦啦队队员们内心蛮激动的，但一想到要在这么多人面前表演，也还是有些紧张。

时杳杳动员道：“我们始终要上台，如果我们现在不克服恐惧，那么我们永远都无法登上真正的舞台。失败并不丢脸，丢脸的是连尝试的勇气都没有！”

舞台上张衍已经在活动手脚做热身准备，萧林疏越过众人率先上去，自如地随着节奏舞动，台下已经有好奇驻足的三两人。

“杳杳，我们真的要在这里……表演？”丁若莹支支吾吾，还没有上台手脚就已经有些不听使唤了。

时杳杳静默了几秒，点了点头，她望着站在人群后头的陆晚嫦。

在这个队伍里，有舞台经验的人实在是没有多少，除了陆晚嫦……

自上次爆发了对彦使楚的不满后，陆晚嫦在训练的时候一直一语不发，想必是还没有消气。但现在需要一个带头上台的女生，于是时杳杳硬着头皮向陆晚嫦使眼色。

陆晚嫦撇过头故意装作没看见。

时杳杳不知怎么就想起之前在涮羊肉店门口她那强装的倨傲神色，和现在如出一辙。她不禁捂嘴一笑：“怎么，这个舞台你不喜欢？豪华版还带喷泉呢！”

她的玩笑打趣，让不少队员掩嘴偷笑。

“走吧？”时杳杳试探道。

陆晚嫦噘着嘴，不耐烦地“啧”了一声，但终究还是向舞台走去。

月亮、小野、喵喵几人和他们组成一个倒三角的小型队列，跟随着音乐，跳起了张衍下午教过大家的一组简单街舞动作。

剩下还有一半的队员互相对视，江旭有些发怵：“搞什么啊！不带这么玩的啊！”

“现在还只是这么几个人就怕了，到时候我们参加的可是全国赛！”周蕙从他身后冒出来，冷冷地来了句，随即昂头向舞台走去，与他擦肩而过的瞬间垂眸扫了一眼他的腿，意味不明地绽开了笑容。

江旭被她的笑容吓出一身冷汗，骨子里渗出一股寒意，前几天拉筋的惨痛回忆涌上脑海。几经挣扎后，他喊了一嗓子：“啊！”

跟在周蕙身后的周娴被他的喊声吓得一颤，吼道：“你喊什么喊？”

“我给自己加个油不行啊！”江旭带着些委屈跨上台，小声安慰自己，“不要尿，就是干！”

周娴听着他的自我打气，差点要笑趴了。

看着身边的队友一个个鼓起勇气登上舞台，彦使楚的内心一片慌乱。舞台上，队员们紧绷的脸上挤出的笑容算不上好看，僵硬地做出机械化的舞蹈动作也谈不上美感，但是在音乐广场周边高耸的大灯投射下来的暖黄色光圈的渲染下，他居然会觉得内心澎湃，有些不知名的冲动喷薄而出。

他的脑海里回荡着徐老师当初邀请他加入啦啦队时说的话：“很久以前我的一个朋友告诉我，人要学会对自己宽容些。我用过来人的经验告诉你，你只需要慢慢学会与他们相处，在接触之间就会发现其实这并不难。很多时候你认为不可能的事情，只是你以为自己做不到而已，这时你要原谅自己的胆怯，同时告诉自己，不管怎样，我都要试一试。”

他炽热的目光转向舞台，队长时杳杳一边自如地跟随节奏舞动一边用微笑鼓励他，他脑袋一阵发热，下一秒，已经不由自主地一步登上了舞台……

4

时杳杳扬起一只手，高喊着："Three, two, one, go ahead！"

这个口号就像是一个指令，更像是战场上的冲锋号，响起之后便义无反顾地冲锋。

"Fighting！"打响了第一枪之后，所有人的情绪都高涨起来，彦使楚在队伍中慢热地与时杳杳视线对上的一瞬，她穿过暖黄色的灯光冲他弯唇一笑。

"你要原谅自己的胆怯，同时告诉自己，不管怎样，我都要试一试。"徐相长的话穿过金属电子音扶摇直上贯穿他的大脑。

最后以一个 high v 动作结束的时候，背景音乐里拔高的女声是这么唱的：

"Walk around with your hands up in the air！"

——高举双手，昂首向前。

这就是第一步。

结束的时候，广场上的人已经散得七七八八，骆驼在台上慢吞吞地收拾音响，时杳杳拍了拍手将队员们召集到一起。

大家都还沉浸在结束时围观群众的掌声里没缓过神来，一个个脸上都是控制不住的激动，时杳杳看着他们一脸求表扬的样子，眼底溢出了感动。

“首先为大家的勇气点赞！”时杳杳笑眯着一双眼，“我们每个人都棒棒的。不过，我们还是得寻求进步，我们的合作还不够齐整，还要多练习团队的默契度。同时，为了实现跟校长的约定，从明天下午开始，每周二四晚上下训后来这里排练，一三五和周日就集中进行功课补习……”说到这里，她抬眼望了一眼萧林疏。

萧林疏正在收拾背包，手上动作不停却正好抬眼与她的视线对上。

说起功课补习这个想法，其实还是萧林疏刚提醒她的，时杳杳颇有些汗颜，因为她几乎忘记自己在校长办公室里许下的豪言壮语。

时杳杳与众人一一挥手告别，蹦蹦跳跳俨然一副心情很好的样子来到舞台前，笑眯眯道：“张衍，谢啦。”

张衍看她笑弯了眉眼的样子不由得手痒想要揉一揉她的发。

这么想着的时候，手已经随着心意伸了过去。

时杳杳别扭地躲了躲，却难得地没有挥手打开。

他们相视一笑。

广场上的各项活动渐次散场，路灯下是晦暗不明的夜色和渐行渐远的人声。

彦使楚在四散离开的人流中张望，找到在不远处大路边踱步的陆晚嫦，那边的路灯已经间隔着熄灭一盏，车流时不时从她身边呼啸而过。他赶紧小跑着跟上，却不敢靠得更近一些，始终与她间隔几步的距离。

“好啦，老头，我知道啦！你赶紧睡，明天上午还有教职员工大会要开，我可不想再听到徐老师跟我抱怨你又在会上打瞌睡！”陆晚嫦常年都是一副叛逆少女般不耐烦的语气。

挂断电话之后，她瞥见不远不近跟在自己身后的彦使楚。

“你跟着我干吗？”语气不算好，但也没有像那天下午一样气势汹汹。

彦使楚犹豫了几秒钟，终于硬着头皮实话实说：“女孩子走夜路不安全……”

陆晚嫦哑然，上下打量彦使楚，冷冷丢下一句：“不用你操心。”

彦使楚还没有反应过来，陆晚嫦已经蹿到马路边上，抬手拦下一辆出租车。

正在报住址的时候，陆晚嫦眼睁睁地看到彦使楚“刺溜”跑到车前上下打量，司机一抬眼也被突然挡在车前认真记车牌的少年吓了一跳。

“你干什么你？”陆晚嫦趴在车窗上吼了一句，她心里极度的不耐烦，果然不能对他有好脸色，这不他又不知道在发什么神经了。

“你到底要……”在这话冲口而出的时候，她听到彦使楚走到驾驶座窗口快速地说："司机先生，我已经记住您的车牌号码了，麻烦您一定要将她安全送到家，还有一定要看着她进去了再走，谢谢您了！"

陆晚嫦愣住了。

司机显然也被他弄蒙了，反应过来笑呵呵道："你就放心吧。小伙子，不用太紧张，我们是正规的出租车公司，是有挂牌登记的，你看我的工号就摆在那儿呢！"

陆晚嫦看着彦使楚居然真凑上前辨别司机大叔所指的工牌，尴尬极了。

"大叔你到底走不走？"陆晚嫦暴怒地拍了一下座位，只想赶紧离开。

"马上走马上走！"大叔笑呵呵地点火开车，临走还意味深长地瞥了眼彦使楚。

"明天见！"彦使楚后退两步，挥了挥手。

陆晚嫦抿着嘴不发一言，撇过头去看向另一边，心里有种如释重负的感觉，嘴里吐槽："山炮。"

"哎呀，小姑娘脾气不要这么大嘛，有什么不能好好沟通吗？我看小伙子对你挺上心的嘛，我刚才老远就看见他跟在你后面。大叔呢，走南闯北这么多年，见过的人也不少啦，我这个火眼金睛就跟你打个包票，这小伙子，人不错嘿！"司机大叔操着一口方言劝道。

陆晚嫦压根儿没有搭理他，兀自盯着后视镜的方向一动不动。

“就是嘛……轴了点。”司机想起刚才的对话，也禁不住“扑哧”一乐，“不过这个年纪的小男孩，多少都有些啦，想当年我和我老婆……”

司机噼里啪啦开始回忆自己的青春，陆晚嫦并没有听进去多少，她望着后视镜里彦使楚的身影渐渐变小，心里莫名涌上一些酸意。

她其实并没有外表表现得那么乖张犀利，幼年丧母，初中就从家里搬到舅舅家生活的她，从来没想过有一天会有人对自己的关心泛滥到哪怕只是上了一辆出租车都要操心叮嘱司机半天的地步。

她没有见过比彦使楚更加笨拙的人，他拙于表达小心翼翼到让人连拒绝都担心伤害到他的样子，实在是她最讨厌的类型，但是这一刻却真真切切有一股潮意弥漫在眼眶。

她很讨厌这种感觉。对，她就是带刺的陆晚嫦，才不要被轻易感动。

第七章

望着他落荒而逃之后没有关紧的房门，
她轻轻说：“我没有家。”▼

1

张衍帮骆驼将音箱装车送走他后，和时杳杳、丁若莹两人并排走在被泡桐树冠笼罩的马路上，昏黄的路灯在柏油路面下投射出一圈圈橙黄色的光圈。

丁若莹对张衍的交际圈很好奇，故作随意地问起，红着脸小心翼翼一点一点地试探着。

时杳杳但笑不语，她很早就看出来丁若莹心里那些小秘密，只是不揭穿而已。

“那个……是不是萧林疏？”丁若莹忽然推了推时杳杳。

“啪嗒——”

萧林疏这个名字就像是时杳杳脑海里一个奇特的开关，现在这个开关被打开，她瞬间浑身上下都进入戒备状态。

大约两盏路灯的距离，一个身形挺拔的少年被笼在光晕中看不见表情。他穿着白T恤、黑色齐膝运动裤、经典的白色耐克运动鞋，深色的双肩背包挂在宽厚的肩上，简单清爽又活力无限。

可是他这个人，就像是时刻蓄满了电一般，无论在哪里都格外耀眼，就算此刻他站在灯下的阴影里，也让人不容忽视。

他在等着她走近。

“你家也在这边？”时杳杳说完就后悔了，真是个傻问题！

“嗯。”少年清浅一笑。

大约是路灯把温柔的微光送进了他的眸里，时杳杳只觉得呼吸有点不受控制，胸膛里就像被放了一个拨浪鼓，鼓面摇晃间刮起的飓风搅乱了呼吸。

“一起走吗？”他问道。

时杳杳魔怔了一般失神地点头，反应过来红着脸再点了一下。

萧林疏转身的时候瞥见她身后的张衍一动不动地站在那里看着她的背影，深吸一口气像是什么都没发生一般和她并肩往前走。

“哎……”丁若莹看着前面和萧林疏并肩的时杳杳，有点羡慕，转头就看到失魂了一般的张衍，她皱着眉伸手在他面前挥了挥，“回神了！少年！”

张衍回过神，丁若莹放大数倍的脸就在眼前，他连忙往后躲：“妈呀，吓死我了！”

“谁是你妈呀！我也没你这么丑的儿子呀！”丁若莹没好气地回道，哼了一声甩下他自顾自往前走。

“哎！哎！等等我呀！”张衍觉得心里更加堵得慌了。

萧、时两人沉默地踩着月色慢慢向前挪动，时杳杳在心里纠结着要不要说点什么，这时候萧林疏先开口了。

“刚才的动员挺不错呀，越来越有队长的样子了。”萧林疏难得开起玩笑。

时杳杳脚步一顿：“啊，一回生二回熟……”说完恨不得把自己的舌头咬下来，说的什么鬼？

就这样有一搭没一搭地聊着，竟然也不觉得尴尬，落在身后的张衍和丁若莹之间却有种莫名其妙的尴尬。

另一边，陆晚嫦下车的时候，司机大叔还在感慨：“小姑娘啊，这年头这么实在的男孩不多见啦，好好珍惜吧！快上去吧上去吧！”

陆晚嫦开门的手一顿，已经懒得再解释，这个司机俨然一个戏精，在陆晚嫦看过来的时候，义正词严地摆手：“不要感谢我！

快上去，受人所托忠人之事！”末了还不忘替他看好的小伙子刷一波好感。

陆晚嫦忍无可忍地翻了个白眼：“您想多了，我这个人吧，口味比较重，小清新配不上我。”

说完一关门，扬长而去。

到家的时候，舅舅的房间已经熄灯，陆晚嫦蹑手蹑脚地准备回自己房间，不料手机铃声却突然响起，来不及看是谁，连忙接起。

在听到那边的第一句话的时候，陆晚嫦就后悔了。

“晚嫦，我现在在米兰出差，现在和斯卡拉歌剧院芭蕾舞团的编舞 France 一起，他对你很感兴趣，他还告诉我明年在中国的巡演……”

陆晚嫦皱眉，捂着手机挡住电话那边父亲兴致盎然地叙述他对自己未来的构建，轻手轻脚进了自己的房间关上房门。

她靠在门板上，言语凌厉：“陆远山，我说过我不跳芭蕾了，不论你和 France 谈了什么，我告诉你统统不可能！No way！”

陆远山口中所提及的 France，曾担任意大利几大知名剧场的负责人及编舞，是意大利芭蕾舞界的标杆性人物，而在她的心中，France 只有一个身份——她死去的母亲 Swan 的芭蕾舞导师。

“你知道得到 France 认可等同于获得一张高级芭蕾舞者的

认证证书吗？能够给我的芭蕾舞团带来多大的经济效应，你明白吗？你说你不跳芭蕾舞，我就当你小孩子不懂事；你一声不吭回国跑去秋澜，我也当你是去透透气；你去参加那些不入流的舞团，我睁一只眼闭一只眼！”

不入流的舞团……

陆晚嫦接到过许多次父亲歇斯底里的电话，她也以为这次自己可以同样满不在乎，左耳进右耳出，但是这六个字伴随着从电话里流淌出来的声波，把对面的愤怒也传进了她的心里。

“我告诉你，你不要太天真了，你真以为那种没有水准的东西能够上得了台面吗？国际舞台高雅艺术，是他们一辈子爬到死都爬不到的位置，你是我的女儿就注定走这条路，芭蕾舞也是你妈妈的梦想，是你妈妈未完成的事业！你继承了她的芭蕾天赋，是天生的芭蕾舞者！”

电话那头的人喋喋不休，陆晚嫦从头到尾不发一言。

“妈妈的梦想从来就不是芭蕾舞，你根本不懂她。”陆晚嫦忽然有些心酸。

电话那头的父亲还在不停说什么，陆晚嫦根本没有继续听下去的心思，挂断了电话，径直走到床边坐下，捞起倒扣在床头柜上的相框。

照片上的年轻女人在一身芭蕾舞裙的衬托下更显四肢修长，以第四阿拉贝斯克动作定格在照片上，半侧的脸掩饰不住精致的五官，更藏不住满脸的忧愁。

……

远处传来几声汽车急促的鸣笛，蜷坐在飘窗上的陆晚嫦一动不动。

寂静漆黑的夜里，她愣愣地盯着张牙舞爪的树影，汽车一晃而过的车灯光束透过相框的玻璃折射，那一瞬间照亮了她脸上的失落、委屈、不甘、愤恨……

许多情绪交织在一起，最终化成下巴上汇聚滴落的水珠悄无声息地落在柔软的丝织物上，过后再没痕迹。

这一夜，陆晚嫦没有睡好，反反复复地梦到自己回到那个四面镜墙的空旷芭蕾舞室，阳光充盈，镜子和镜子之间的倒影里有很多个她自己，好像很热闹，但是除了她自己，空无一人……

黎明的第一抹阳光点亮黑暗，不论昨天夜里多么不堪，她还是那个高傲的、无坚不摧的陆晚嫦。

2

周五这天，下午日常训练之后队员们默契地转战图书馆。

自从啦啦队进驻图书馆后，图书馆管理员表示很忧伤。

除了陆晚嫦和彦使楚在文一班、萧林疏在理一班，其他队员学习成绩参差不齐，其中数张衍、江旭还有喵喵的成绩最惨不忍睹，门门都保持着低分擦过及格线。

“你告诉我！你智商是被外星人绑架了吗！这么简单的题

目！”丁若莹指着一道黄土高原泥沙大量流入黄河的选择题咆哮，“黄河！你知道黄河吗？你的母亲河！”

“当然知道！”张衍将前一秒还咬在嘴里的笔头抽出来，还怕气势不够似的一巴掌拍在桌上，换来管理员的一瞪，他赶紧赔笑。

丁若莹一脸“要死了”的表情，抽出那张红叉快要结成网的试卷翻过来指着一幅小型中国地图，面无表情地问：“那你告诉我，你的母亲河在哪里！”

张衍伸出左手撑额挡住脸，苦着脸偷偷求助地望向对面的时杳杳。

时杳杳也觉得冷汗淋漓，就连她这个理科生都知道答案，她偷偷比了个“几”的弧线，张衍草草扫了一眼那幅地势阶梯界限图，指了指看起来像的线。

“很好，你往我们大西北的两个盆地间拉了一条黄河。”丁若莹这回是真的要绝望暴走了，“生灵涂炭啊……”

相似的一幕在另一张桌子上上演，周蕙微笑着问江旭：“你当初凭着什么样的信念选的理科？”

江旭心有余悸地同情被炮轰的张衍，还在暗自庆幸还好当初没选文科的时候，听到这个问题心中一紧，努力编了一个看起来靠谱的理由犹豫道：“文科要记要背，我记性不太好……有……有什么问题吗？”

周蕙睇着他略有些紧张的小表情，强迫自己拉开嘴角，她说：“你太看得起自己的智商了……”

时杳杳看着这一幕有些汗颜，还好这边的自习室里除了他们没有别人。

“你别心疼他们，心疼心疼你自己吧。”一个声音自身边传来。

时杳杳心头一跳，微抬眼看向坐在身边的萧林疏。

相较而言，时杳杳的理科成绩比好的差一点比差的好一点，当时萧林疏以不愿意教初中数学为由拒绝了给江旭辅导，于是辅导时杳杳的重担就落在了他的身上。

自从萧林疏拿过她的试卷检查的那一刻起，时杳杳只觉每一秒钟都如坐针毡。

萧林疏长吁了一口气，转身去够挂在椅子后的书包。时杳杳心里“咯噔”一声，内心的小人一边开始泪流满面，一边在叫嚣着挣扎：完了完了，你差到他不想教你了！

萧林疏完全没有感应到她内心的天人交战，将书包拎起来放在一边的桌面上，转过来时手上多了一本化学书。

“这道题，考的是酯化反应，那你首先要明白什么叫酯化反应，是醇跟羧酸或含氧无机酸……”他垂着眸低声讲解，骨节分明、细瘦修长的手看似随意地翻开书本，然后漫不经心地将书本压在桌面上。

他的手真好看！时杳杳的心里忽然冒出这么一句。

“听明白了吗？”萧林疏在试卷上标注好知识点后问了一句，却久久没有得到回应。

他奇怪地抬头，将时杳杳愣神的样子尽收眼底。

萧林疏微不可察地皱眉，伸出一根手指，靠近她的额头，屈指轻轻一弹……

他看见女孩眼睛一眨，身体一抖，表情就像森林中被枪声惊醒的小鹿一样无辜。

“对……对不起！”时杳杳终于有所反应马上回身，双手护住萧林疏接触的额角，那里还留有他指尖的温度一般让她浑身一阵酥麻。

她低头死死盯着桌面。太丢人了，实在是太丢人了！

萧林疏原本前倾的身体往椅背上一靠，透过时杳杳薄薄的短发看到她涨红的脸颊，忍不住失笑又赶紧收住，从书本中抽出一张写满化学公式的稿纸，推到那颗低垂的头颅眼前。

他说：“化学式，我会抽查的。”

时杳杳如遭雷击的尴尬表情令他的嘴角再次控制不住地扬起。

大家收拾东西准备离开的时候，丁若莹还坐在彦使楚的身边问问题。

时杳杳安静地坐在他们对面，彦使楚的书整整齐齐地摆在桌面上，连一个多余的边角都没有。时杳杳想起萧林疏的化学书上寥寥的笔记，忽然有些好奇，是不是他们这些学霸都天赋异禀、过目不忘，所以书本上才不像她一样密密麻麻都是记录。

她抬头伸手想把书借过来看看，一抬眼就看到彦使楚正目不转睛地望着一个地方，她顺着他的目光看过去——陆晚婂正抱着一摞书一本本地放回书柜上。

陆晚婂?

“你们好了没啊？”张衍的抱怨在耳边响起，时杳杳感觉到一股力量将她往前一推，她顺势向前一趴，原本齐整的书册被她哗啦啦推落一地。

时杳杳一边道歉一边推开椅子蹲下捡书，还不忘横了眼往包里塞了个篮球的张衍。

张衍无辜地摊了摊手，将罪魁祸首自己的书包往身后收了收。

“没关系，我来吧！”彦使楚好脾气地从她手中接过书本。

时杳杳在桌下搜寻有没有落下的东西，结果在椅子下捡起一本四个边角都用金属片掖紧的黑皮记事本。不知道为什么她看着这本记事本有些眼熟，翻开扉页时一张语文试卷从中滑落出来，卷末用红色的水性笔写着陆晚婂的名字工整地排列在彦使楚的名字下方……

实验班的考试非常多，所以老师有时候会随机打乱卷子发下去，由同学之间互相批改，这是很正常的事情。但是，当时杳杳瞧见作文区域时，就没办法淡定了。

方格里头满满当当都是陆晚嫦的名字……

手里的试卷就像变成了一块烫手山芋，她慌慌张张将试卷塞回去，转身递还给彦使楚。

看到这本黑皮本，彦使楚明显一愣，很快接过，小心翼翼地擦拭封皮上沾的灰尘。

这一个动作让时杳杳的脑中灵光一现，想起来那天在文一班门口，彦使楚好像就是为了这个本子差点被班上那个恶霸揍一顿……

时杳杳的眼神瞬间复杂了起来，那张试卷平整得就像一件收藏品。

3

回家的路上，时杳杳和彦使楚搭着话故意远远地落在后头。

在心里酝酿许久，时杳杳忍不住问："你是不是喜欢陆晚嫦啊？"

彦使楚瞬间蒙了，然后刻意掩饰地顾左右而言他，但是慌乱一直在他苍白的脸上没有退去。

他实在是一个不会撒谎掩饰的人。

在彦使楚刚加入啦啦队的时候，丁若莹就八卦地说："彦使楚对陆晚嫦绝对不一般！"

那时候她是怎么嘲笑丁若莹来着？

——“你是韩剧看多了吧！”

在时杳杳看来，陆晚嫦对彦使楚动不动就恶言相向，即便两人迎面碰见彦使楚眉欢眼笑地与她打招呼，陆晚嫦也可以做到昂首挺胸目不斜视地无视他……

现在，时杳杳只有一个感慨：暗恋这样一个人，简直就是找虐啊！

……

“有那么明显吗？”久久不发一语的彦使楚终于出声。

时杳杳有些尴尬，想起最近在训练室里彦使楚稍微靠近陆晚嫦就有人莫名其妙发出的唏嘘声，暗骂自己迟钝。

“明显到只差游街示众了！”

彦使楚脸上浮现起一丝尴尬的笑容。

她没好气地继续说：“你是向江旭借了俩胆吧！要让陆晚嫦知道了，还不把你淹死在音乐广场的喷泉里啊！”

“她哪有你说的那么恐怖，”彦使楚皱了皱眉，“她只是不善于表达自己而已。”

那她也太不善于了……时杳杳在心里吐槽，却也不松口：“你说你一学霸，大好青年前途无量，怎么口味这么重啊？”

彦使楚眼神一黯，有些说不清道不明的尴尬，最终笑了没有说话。

在时杳杳看来，陆晚嫦与彦使楚之间说是天差地别的两个世界也不为过。

陆晚嫦有富庶的家庭、美丽的外表、让老师满意的成绩……

而彦使楚，他虽然性格温和但是毫无存在感，尽管成绩好但家庭一塌糊涂……

很多现实阻隔在彦使楚的面前，就像是一道悬崖峭壁，而他空着手，即便怀着赤诚也是两袖清风。

这些，时杳杳都没有说。

“你喜欢她什么？”她问。

彦使楚有一瞬间的愣怔，然后低着头摩挲着黑皮本久久不语。

时杳杳也有点慌了，以为自己唐突问了不该问的问题。

就在她以为彦使楚不会回答的时候，他像是经过了一番剧烈的心理斗争，终于缓缓开口：“喜欢什么我说不上来，”他顿了一下，眼神有了异样的光彩，“但是喜欢不就是这样吗？没有缘由的，一个人就住进了你的心里，你能够感受她的开心，也明白她的难过，以前我也想过明明不可能那么就不要自取其辱了。但是只要我想起她的名字，我就知道我没有办法控制。”

“我不是想要奢求什么，她对于我来说，就像是摆在橱窗里的奢侈品，我每天躲在街角远远看着她就好。我心里很清楚，在将来的某一天，会有一个足够匹配得上的人珍惜她、呵护她，我就觉得很满足了。”

听他说完，时杳杳简直不知道该摆出什么样的表情才好。

这个世界上，装睡的人最难叫醒。

从一开始，彦使楚就比任何人都清楚两个人之间的差距，没有人比他更清醒。

时间就像是鲜衣怒马的恣意少年，在你遥遥远望错眼的刹那间就已打马而过。

这个学期马上就要结束，啦啦队为了备考而停训，终于让队员们有了喘息的机会。

只是，当禹桦青在队员的欢呼声平息下来后，不经意地又提起暑假的训练时，大家的表情都十分精彩。

“啊，我还想今年去海南看海，现在是破灭了……”周娴眼巴巴地望天，又偏头可怜巴巴地看着周蕙。

时杳杳摇摇头失笑：“在手机上看也是一样的，海不会跑。”

“杳杳啊……”张衍挠挠头，小碎步靠近时杳杳。

时杳杳一脸戒备地盯着他，要知道张衍只在有求于自己的时候才会用这样的语气。

张衍赔着笑：“我们暑假有巡演的，那个训练可不可以通融通融……”

时杳杳眼神像刀子一样刮在张衍脸上，刚才彦使楚也问了她同样的问题，当然也被拒绝了。

陆晚嫦倒是没什么表情，她从储物柜里掏出手机望了一眼后立马眉头紧锁，将背包挂在肩上又仔细看了一眼短信，退出短信界面翻开日历，九月其中一个日子下有两个字的备注——妈妈。她的指尖因为用力开始泛白。

短信是来自陆远山：“France 很久没见你，你今年放假就过来米兰。”

从来都是这么简单粗暴如同发布命令。陆晚嫦只是瞟了一眼就将手机收进兜里，走了几步又拿出来，手指飞快地在屏幕上跃动，停下的时候像是不满意又绷着脸删掉，她低着头一边走一边打字，神色越发凝重。

4

彦使楚正要进更衣室，想起往年假期里家里的情况，有些心烦意乱。

往年的假期，他都会出去打工，但是今年如果要训练的话怕是没有时间……

他这么想着，转过墙角的时候眼睛捕捉到一抹虚影，想要躲闪却已经来不及。

陆晚嫦被撞得身形微晃，彦使楚赶紧拉住她，却阻止不了她的手机从手里滑落。

“嘭”的一声，手机摔出去很远。

彦使楚赶紧把手机捡起来，擦干净略有划痕的金属后盖，还好屏幕没有碎。

手机屏幕的亮光让陆晚嫦反应过来，抢先一步从彦使楚手里一把抢过：“还给我！”

“我不是故意的。”彦使楚语气有些慌张。

陆晚嫦却没有理他，解锁后径自调出短信界面。

“不去。”几个字显示发送成功的状态。

“有没有摔坏？”

“你没长眼睛？”

两句话同时冲口而出，气氛顿时有些尴尬。

“你们……在吵架？”江旭不知道什么时候站在旁边。

一瞬间，陆晚嫦烦躁极了，她的胸口这几天一直堵着一股气亟待发泄，但是她更不愿意被人像猴子一样围观。她匆匆收起手机，推开挡在面前的彦使楚。

看江旭还愣在原地，她面无表情地沉声道：“闪开。”

江旭进到更衣室的时候还有些莫名。

“你怎么才来？”一个留着板寸的男生关上储物柜的时候瞥见他若有所思的样子，打趣道，“怎么，你什么时候还学会思考人生了？”

江旭把刚才看到的一幕说了一遍，随后问：“他们俩吵架了？”

板寸头男生一听，哈哈大笑，月亮和另外几个男生也跟着笑了起来。

“你们笑什么？”江旭更觉莫名其妙。

“我告诉你，就算陆晚嫦要杀他，他彦使楚恐怕都是亲自递刀的那个……”板寸头男生说得隐晦，末了促狭一笑。

“什么意思？”

板寸头男生瞪大了眼睛，一脸“你不是吧”的表情看着他。

“到底什么意思啊，有话直说！”

“就是说，有人癞蛤蟆想吃天鹅肉！”不知道是谁喊了一嗓子，满室哄笑。

江旭也恍然大悟，咂舌：“真是看不出来啊！”

“那是你情商低！你问问其他人除了你哪一个不知道的！队长你说是不是？”板寸头男生得意地向萧林疏抛去话头。

原以为一向冷淡的萧林疏这次也不会有什么反应，却没想到一偏头正好看到萧林疏抬头望过来的眼神，那里面满是讥诮。

板寸头男生的笑容就那么尴尬地凝固在脸上，随后渐渐散去，更衣室里一瞬安静下来。

萧林疏绕过他们，径自出了更衣室，在拐角处险些撞上一个人。

彦使楚始料不及有人出来，狼狈地冲萧林疏点了点头迅速跑开了。

萧林疏望着他的背影，面色始终平淡。他不知道彦使楚在这里站了多久，不确定刚才那些男生的嘲笑是不是全然被彦使楚听到了。

但是，这也与他无关，这个世界上，泛滥的同情最是廉价，也最令人羞耻。

时间会过去，声息会消偃，但是彦使楚需要面对的问题就像是横亘在河流中央的石块，岿然不动。

一边，只有假期去打工挣钱，他的日子才能好过一点。

另一边，啦啦队里的训练又是板上钉钉的事情，真是让他一筹莫展……

也许是天可怜见，终于在临考前一周有了转机。

“我听禹教练说，你们假期里也有训练？”徐相长在批改作业，办公桌前有厚厚的一摞作业本，他头也不抬，鼻梁上的眼镜随着他来回批阅的动作不断滑落。

“是的。”

徐相长等了许久，也不见他有后话，终于放下手中的签字笔，将眼镜往上推了推。

他不动声色地打量眼前这个学生，有时候不得不承认，彦使楚真的和学生时代的他十分像——

懂事、内敛、细腻和慢热。

徐相长打心眼里欣赏这个学生，也想帮助彦使楚，但是很多时候，他心有余而力不足。

就拿三月份的小组科技竞赛来说，分明在赛场上绞尽脑汁的是彦使楚，但是第一名的名次出来之后，校方却勒令他将组长改为顾明强……

他争取过甚至义正词严地驳斥过，但是光荣榜下来之后，看着顾明强的名字，想起校长的沉重脸色，他觉得讽刺极了。

徐相长将很多年前还是班主任的陆校长在大同小异的事件后对自己语重心长说的话转述给了彦使楚，用以宽慰他。任谁也不会甘心，只是这孩子很懂事，没有半点异议。

“我问过你们教练，晚上是不用训练的，你可以利用晚上的时间去勤工俭学。哦，我听说你每年都利用寒暑假去勤工俭学。”徐相长神色有些复杂，“前段时间，有人托我替一个上小学二年级的小男孩找家教，说只要监督小孩做作业稍微辅导辅导功课就可以，我想来想去觉得你完全可以胜任……”

未说完的话的含义不言而喻，徐相长从桌上案册里抽出一张写着地址的名片交给他：“这是那家人的地址和电话……”

彦使楚木愣地接过，眼睛里闪烁着一丝感激，不禁喊了声：“徐老师……”

“我去看过那孩子，名字叫陆麒，他爸爸常年在国外，妈妈也喜欢出门，家里平时陪着他的就是保姆，所以难免有些调皮，但是很机灵。”徐相长心口有些难以名状的酸涩，“你知道，我管着一个重点班就已经分身乏术了，我以后可还想要孩子的，不想给别人家的小孩做保姆导致恐婚，你就当替老师分分忧啊！”

徐相长望着眼前学生感激的样子，叹了口气。

得到的不多，反而期待得少，一点点的好就会感激涕零。

没有家庭权势倚仗唯有更加乖觉，懂事的孩子，从来比较吃亏。

希望他有当初自己那般的幸运，遇上一群好人……徐相长苦笑着想。

虽然禹桦青特意在期末考试前停训让他们有时间复习功课，但是啦啦队也没有因此分散开，唯一的改变就是把在体育馆的日常训练转移到了图书馆的集体复习。

直到期末考试结束，一队人才终于返回训练室，此时训练室还没有多少人。

江旭紧张地拉过张衍问："你考得怎么样？"

往常他们俩即便是文理分科考都照样浪得飞起，现下面对这次考试却如临大敌。

张衍脸都皱成了苦瓜，即便看到江旭眼眶下与自己如出一辙的浓重黑眼圈也没有让他心里舒坦一些，反而有些难兄难弟的同病相怜感。

"张衍，我告诉你，你这次考试如果有一门没及格，我就让杳杳每天监督你，晚上不到十二点不许睡觉！"——一想起丁若莹临考前板着一张脸威胁的模样，张衍就感到一阵胆颤心惊。

时杳杳最近也不知中了什么邪，每天都复习功课到深夜，就连吃饭时都在背那些乱七八糟的公式，若是真的听信了丁若莹的

“谗言”拉着他一起，那可真是要命了！

好在今天考试的时候，试卷上的题莫名亲切了不少，不像以前抓耳挠腮也挤不出一个答案。

其实，江旭的情况也没有比他好多少，周蕙倒是没有威胁他，但是偏偏临考前老天像是开玩笑一样让他在走廊上碰见了周蕙，周蕙进考场前意味深长的一眼让他无比确定，如果自己考试有一门不如她意，她就敢在训练的时候假公济私地对自己下黑手！

两个超过一米七八的大男孩就这样蹲在垫子上，顶着同样挠得鸡窝似的头发忧心忡忡。

5

暑假第一天的训练内容很老套——信任背摔。

女生们依次站上高台，高台大约两米多高。在下面看着其实不算高，但是上去以后向下俯视，而且要背对着倒下去就显得尤为恐怖。

人对不可预知无法亲眼看到的事都会感到恐惧。

禹桦青安抚她们：“你们需要克服这些恐惧，要相信你的同伴、你的队友！怕事的人最先坏事！在竞技啦啦队里，不管是做尖子还是底座，都要做好准备，抛接、三层金字塔的高度都远高于这个高台。你们是一个团队，每个人都要为信任你的队友负责，因为他们是把自己全身心地交托给你，只有体会过才知道这种信任的力量！”

她站在高台下一眨不眨地凝视着高台上每个人的一举一动，上了高台的女生已过半数，好在虽然有在高台上踌躇的，但最终还是一咬牙闭眼倒了下来，都被稳稳地接住。

有惊无险。

时杳杳理所当然是第一个上的，而陆晚嫦却反常地站在高台下，一直沉默着。

在人员轮换的间隙里，彦使楚控制不住地将目光停留在她身上，这几乎已经成了他的一种本能。

他看到陆晚嫦的手状似不经意地撑在腰间，嘴唇抿得很紧。

别人或许看不出来，以为她只是紧张，但是彦使楚知道，陆晚嫦不是那种会紧张的人，她一定是有什么事。

月亮看彦使楚一直在发呆，推了一把他："你看什么呢，开始了！"

这一声引得不少人侧目，彦使楚回过头，没有说话，脸上的担忧却没有减少丝毫。

身边有好事人推搡着板寸头男生，态度轻浮地冲彦使楚刚才凝视的方向挑了挑眉，露出一个嘲讽的笑。

板寸头男生瞬间会意，也跟着嗤笑一声。

轮到陆晚嫦的时候，彦使楚只觉得自己的心也跟着她一起上了高台，惴惴不安。

陆晚嫦咬牙忍住小腹处难以忍耐的熟悉绞痛，隐隐意识到身体出了什么问题，额角已经有汗水渗出，她现在只有一个念头——快点结束吧！太折磨、太丢脸了！

台下，禹桦青看到的是陆晚嫦晃动不稳的身体，于是冷声提醒：“手抱在胸前！”

彦使楚听到这一声只觉头皮一紧，站在对面的月亮明显感觉到他身体的僵硬。

陆晚嫦终于转过身背对下方，却一直没有动作。

“陆晚嫦……”禹桦青拧着眉想要再提醒一次的时候，她却已经向下跌去，可是位置有些偏离，禹桦青顿时心中“咯噔”一下……

彦使楚觉得自己从来没有这么后怕过，她掉下来的瞬间，让他想起在乡间看见的燕子从半空中无依无靠坠落下来的场景，脑海里只有“摇摇欲坠”几个字。

他觉得自己的心脏咚地往下坠，不管不顾地朝陆晚嫦下落的方向跨一步……

幸好，跟大家一起接住她了。

禹桦青白着一张脸蹲在蜷缩着身子的陆晚嫦身边，叫着她的名字：“你怎么样？摔着哪里了吗？”

时杳杳托着陆晚嫦把她扶起来。

陆晚婼脸上汗津津的，嘴唇发白，用力地摇了摇头。

“教练她没事吧？”

“教练她嘴唇都白了！”

……

禹桦青皱眉看了满脸焦灼的彦使楚一眼：“你还好吗？”

他飞快地摇头：“她没事吧？”

“不管怎么样，先送去医务室！”禹桦青小心地扶着陆晚婼。

“我去！”

彦使楚的强硬惊住了许多人，禹桦青也是一愣，他坚定地望着她。

……

“队长，她没事吧？”喵喵从高一就和陆晚婼在一个舞蹈队，也是跟着陆晚婼来的啦啦队，是少数会真正关心陆晚婼的人。

时杳杳看着彦使楚背着陆晚婼越跑越远的身影，没有回答。

身后的窃窃私语声，还有教练越发严峻的脸色，都令她心神不宁。

医务室。

穿着白大褂的医生从屋里出来。

彦使楚猛地站起来：“她没事吧？”

“能有什么事啊？”医生奇怪地反问他。

彦使楚被问得一愣，医生拿眼角看着他：“她没什么大问题，就是经期来了，注意一下保暖不要吃生冷刺激的食物，平时好好保养一下，小女孩现在不注意以后有的难受，你去那边给她灌个热水袋暖暖……”

躺在病床上的陆晚嫦攥着雪白的被单难得羞窘，不过是“亲戚”来了，居然狼狈到在众目睽睽之下被送来医务室。

她正羞愧着，医务室的门又开了，彦使楚一手扶在门把上，一手拎着个红色的热水袋。

他站在门口：“你……有没有好些？”

陆晚嫦没有理他，只是拿眼角斜睨着他，好像嫌弃他那么多废话。

彦使楚犹豫许久，走过来将热水袋递给她。

“什么东西？”她抬了抬眼皮，嘴角压得很低。

“热水袋……医生说，你用这个……会减轻疼痛。”热水袋里的水温度很高，蒸腾的热气好像顺着手臂汇聚到了他的脸上，他的面颊有些烧。

“嗤——”陆晚嫦看他脸涨得通红的样子，那点难堪也抛在脑后，没什么表情地仰着下巴命令，“拿走，我不需要。”

“不行！”他想起刚才校医的话，“你现在不注意以后会更难受。”

似乎没有料到他会反驳，陆晚嫦先是一愣，然后更让她诧异的是，彦使楚趁她不注意，掀起被子的一角把热水袋给直接塞了进来。

“你！”陆晚婼瞪着他，掀起被子就要拿出来，彦使楚连忙压住被角。

“分明难受得要死了，你还逞什么能！你就不能对自己好一点吗？你这个样子你家人看到了该有多难受，那些关心你的人、希望你过得好的人，你能不能为他们想一想？”

彦使楚红着脖子吼出来，吼得陆晚婼一愣。

同学的两年时间里，她没有见他像刚才那样吼过谁，哪怕是被顾明强当着全班的面欺负得下不来台，他也是一声不吭，默默忍受。

就连上个学期的小组科技竞赛，当布告栏表彰名单上组长人选将他替换成顾明强的时候，她以为他会辩驳、会吵、会闹。但是没有，他竟然逆来顺受地就这么接受了。

也许就是因为他这样的逆来顺受，她一直不喜欢他，甚至有些看不起他。

她知道近期啦啦队的风言风语，说他暗恋她，但是她并没有当一回事，甚至有些被侮辱的感觉。她陆晚婼的名字在任何一个场合和他这样懦弱的人捆绑在一起，她都觉得是耻辱。

她也笃定他没有那个胆子对她说，他只敢躲在阴暗的角落里像一个跟踪狂一样。

但是今天，真是让她大开眼界。

他们对视数秒，彦使楚终于恢复理智，意识到自己说了什么之后，勇气好像在刚才那一瞬用光，他红着脸丢下一句“我先回训练室了，你在这儿好好休息”就跑了。

陆晚嫥望着他落荒而逃之后没有关紧的房门，用很低的声音无意识地说：“我没家。”

第八章

我想被一个人看见，
就要在她熟悉的领域足够优秀。 ▼

1

放学后，时杳杳急匆匆赶到训练室就要去更衣室换训练服，半道上却被彦使楚截住。

时杳杳被他一脸紧张兮兮地拉到一边，拜托她将一个装满暗红色液体的玻璃瓶交给陆晚嫦。

这两天彦使楚总是交给她一瓶红糖姜茶，拜托她悄悄地给陆晚嫦。

“今天也有？”时杳杳掂了掂手里小心撕掉标签还有些黏手的玻璃瓶，张了张嘴欲言又止。

“麻烦……麻烦你了……”他红着一张脸，连道谢都说得支支吾吾。

两个人没有说多久的话，主要是彦使楚一直结结巴巴说不清楚，时杳杳刚把还透着热气的玻璃瓶放在陆晚嫦储物柜里时，陆晚嫦就进来了。

她连忙转身装作整理自己的柜子，用眼角余光小心留意陆晚嫦。

进门、收拾东西、换训练服、打开柜子……一连串动作一气呵成，周遭的一切都被陆晚嫦忽视了。随后她的动作停了下来，储物柜中央立着一个熟悉的玻璃瓶，这两天都有这么一个玻璃瓶莫名其妙地出现在她的柜子里。

她拎起玻璃瓶什么都没有说，干脆地转身向垃圾桶走去。

这一幕时杳杳熟悉极了，跑过去拦住她：“哎，你干吗啊，这还是热的呢！”

陆晚嫦用两根手指拎着玻璃瓶瓶口在她面前晃了晃，满脸嫌弃地说：“像这种来路不明的东西我是不会碰的。”

“你不是不舒服嘛，你干吗这么犟啊？”时杳杳瞪大眼睛看着她，觉得这个大小姐真不是一般的不可理喻。

“得了吧！时杳杳，你什么时候开始揽这种老妈子的事了？你放心，东西你送到了，我怎么处置那是我的事。”陆晚嫦懒得跟她废话，就要绕开她，却被她执拗地挡住。

陆晚嫦拧着眉颇不耐烦，转身径直往外走去。

时杳杳心道不好，连忙追上去，唉，谁知道这个炸弹一样的陆晚嫦会做出什么事！

彦使楚从看到陆晚嫦一脸怒气地走进训练室时，心里就一直七上八下，然后视线落在她拎着的红色玻璃瓶上，脸色就更加难看了。

“下回不要找人往我柜子里塞垃圾，我要丢掉都有人天怒人怨，演琼瑶剧呢？”陆晚嫦说着，将手里的东西塞进他的怀里。

时杳杳从更衣室追出来就看到这一幕，面如土色的彦使楚怀抱着玻璃瓶显得越加呆傻。

“你……”时杳杳皱着眉头想要为彦使楚抱不平。彦使楚眼疾手快地拉住她，目送着陆晚嫦越走越远。

围观的人也不消停，议论纷纷：

“也不看看自己是什么货色，就巴巴地上赶着献殷勤。”

……

人就是这样，对眼睛所见的残破章节高谈阔论，踩着别人的自尊彰显自己的特立独行。

禹桦青在办公室里将训练室里的闹剧尽收眼底，脸上一片凝重之色。

“Partner Stunts 指的是舞伴特技，是托举中的难度动作，而 Basket Toss 通俗地说就是抛接，底座的任务就是把尖子抛起，尖子在腾空的时候需要做各种难度动作，而落下后，由底座、后点负责稳稳地接住，后点也可在前，所以说抛接是一套动作，需要一组人员合力完成……”禹桦青说完，指着投影仪上一段截取画面，这是普遍的抛接，尖子通过与底座的配合腾空在空中完成一个 360°旋转，然后被底座搭篮稳稳接住。

自从放假以来，禹桦青一改原先的专注体能训练，开始向他们讲解搭轿子、抛接和托举技巧，大家都像进入了一个全新的领域，许多惊险刺激的动作令她们有些后怕，在不停尝试到真正完成后居然也生出满满的成就感。

技巧啦啦队的表演具有极大的可观赏性和连贯性，所以团队配合显得尤为重要。可是，任重而道远啊！禹桦青环视队员一圈，在心中重重地叹了口气。

下训时，禹桦青破天荒地罚了陆晚嫦还有那几个叫嚣得最厉害的男生打扫训练室的卫生。

没有目睹到那场闹剧的队员不明所以，时杳杳望着几人心里门儿清。

陆晚嫦虽然心有不甘，但还是老老实实提了水没好气地擦拭着训练用的健身器械。

“要我知道是谁打小报告，看我不弄死他！”早上嘲讽得最厉害的板寸头男生愤愤地拧着手里的拖把。

“还能是谁！谁早上最难堪就是谁呗。”

看着陆晚嫦费力地拎着满满的一桶水，彦使楚正想走过去帮忙，听到他们的话顿了顿，握了握拳，顾忌地看了陆晚嫦一眼，终于鼓起勇气转身：“不是我。”

板寸头男生顿时笑了：“我们又没说是你，你急什么啊？”话里满是嘲笑和不屑。

这时候，陆晚嫦又在费力地拧一块厚抹布。她从来都是养尊处优的大小姐，这些打扫的活也从来没做过，现在颇为吃力。

彦使楚跑过去，想从她手里把抹布抽出来：“我帮你……”

她躲开，冷言冷语：“不用你管，你闪开。”

彦使楚伸手去抢……

目睹这一切的板寸头男生用肘碰碰边上的男生，扬起嗓门意有所指：“你说这人还真是上赶着找虐，人家分明没把他当回事，怎么这么不要脸啊！”

时杳杳不放心，所以在训练室里磨蹭许久，眼瞧他们越说越过分，终于忍不住开口呛道：“看着人模人样的，怎么嘴这么贱啊！”

训练室里现下只有他们几人，张衍今晚有巡演，丁若莹也要回家帮家里收铺早就走了。

“你说什么？”板寸头男生本来就不服气女生对他们指手画脚，现在被讽刺自然火大，丢下手里的拖把就要发作，却瞥见萧林疏正好从更衣室里出来，顿时一愣，没说完的话也噎在喉咙里。

时杳杳的位置正好背对着更衣室，并不知道萧林疏就站在她的身后，依旧愤愤不平道：“我说你们两个大老爷们成天训练不用心，说话没把门满嘴跑火车，要我说你们被罚那是活该！让你们知道并不是普天之下皆你家啊，谁都没义务该宠着你惯着你！瞽言妄举那就得付出代价！”一番话说起来抑扬顿挫、眉飞色舞。

萧林疏平日里与时杳杳相处，时杳杳都是一副战战兢兢的受惊小兽状，没想到也有张牙舞爪的时候，他冷冰冰的脸上不禁露出笑容来。

大概也知道和一个女生起争端太掉价，两个男生黑着脸匆匆囫囵打扫两下就离开了。而陆晚嫦执拗地躲开彦使楚，就当他是个隐形人。

时杳杳终于忍不住，几步上前气势汹汹地把陆晚嫦拽过来：“走，跟我出来！”

陆晚嫦猝不及防被她拽得踉跄，跌跌撞撞地跟着她向外走去。

“你要做什么？”陆晚嫦稳住身子，小腹传来一阵阵刺痛，她用力地抽回自己的手腕。

“我知道喜欢这种事不能勉强，你可以不喜欢他，但是为什么要羞辱他？”时杳杳一边说一边想起彦使楚被其他人嘲笑的样子。

陆晚嫦揉着手腕上一圈红痕，眼皮一掀：“时杳杳，你没毛病吧？我就是硌硬他，这个世界上我会同情那些遭遇意外的弱者，但我不会同情自甘懦弱的人。我巴不得他离我远远的，越远越好！”

“自甘懦弱？”时杳杳重复了一遍，笑了，“你但凡关心了解一点身边的人，你就不会这么说！”

她定定地看着陆晚嫦，眼里情绪翻涌，好像许多未尽的话包裹其中，欲言又止。

陆晚嫦没有说话，就那么倔强地回视着她。

2

禹桦青和徐相长一起站在体育馆二楼的器材室，这是一个很好的观察视角，靠近窗口自上而下俯视正好可以看到时杳杳和陆晚嫦所处的位置，靠近门边又可以看见体育馆内发生的一切。

其实，造成彦使楚现在这样性格的原因，归结起来不过是简单的两个字——家暴。

在徐相长推荐这个队员的时候，禹桦青就粗略听他讲过这些，但这次再听到，心中又升起了一股截然不同的愤怒。

“他爸爸是一个很混账的人，无业游民，最大的乐趣恐怕就是欺凌自己的妻子和孩子……”徐相长几步踱到栏杆边，从口袋里摸出一根烟，点上。

隔着薄薄的青色烟雾，他的表情好像蒙着一道屏障，他透过袅袅腾起的烟雾，望着没有关上门的训练室，彦使楚弓着身子一丝不苟地擦拭单杠横梁。

他远远地看着，想起很久之前的一件事……

那是在上课铃打过了下课铃又响起的时候，彦使楚性格沉闷素来寡言少语，但是一直学习优异，就这么消失了一节课，徐相长也是心里发慌，他找了许多地方，终于在走廊尽头的盥洗台找到了彦使楚。阴暗的角落湿冷，彦使楚僵硬着脖子有一丝诡异的偏执，指尖泡涨发白现出白色的痕迹还在执着地擦着，脸上带着一种接近强迫症的疯狂。徐相长拉着彦使楚问了很久，那时，彦使楚的脸上是近乎病态的苍白，没有血色的嘴唇几度开合，讷讷地说了原因："脏……爸爸会打妈妈……"

回忆停止，徐相长闭了闭眼："前几天我看了一档节目，我才知道了一个全新的名词——家暴目睹儿童受害者，与之相对的叫家暴直接受害者，我第一个就想起了他。他初中刚入学的时候，自闭得不像话，在班上被欺负、被排斥、被漠视，他就像一个行走在人群中的隐形人，直到有一次他在盥洗室差点被欺辱他的人淹死在洗手台……"

禹桦青不可置信地抬起头，她知道即便是温室也有阴暗的地方，学校里也存在恃强凌弱，但没想到会那么过分。

细细回忆起来，她念书时期也接触过关于这类事的只言片语，某一天某些要好的朋友或者是班上的同学漠不关心地提起：昨天谁谁谁又被怎么怎么欺负了，好可怜……

是了，好可怜。我们也只会感叹一句可怜。

针不扎在自己身上就不会知道痛，事情不发生在自己身上就不知道那些被掩藏在玩闹背后的欺侮有多丑恶……

“那时候校长找到我，从那以后，彦使楚就转到了我的班上，因为没有别的班级愿意接纳他……”徐相长的声音里有些不一样的情绪，他想起了很久以前的自己，与彦使楚相差无几的狼狈岁月。

禹桦青抬手搭在他的肩膀上，终究没说话。

他没有资格去评判那些冷漠着拒绝伸手的人，谁愿意接受一个挨了打都不会喊救命的人呢？在自己带的班上出了事故，毕竟会影响前途……那时候他站在病房外望着孤零零躺在病床上的彦使楚，想了很多。

他想，到底是谁的错？

孩子们总归是会被饶恕的，但是孩子们顶着一张天真的脸犯着不可饶恕的错那是多么残忍的事？你以为他单纯无知，其实他只是恶劣地用自己的喜乐凌驾他人的自尊之上，他们心里的那些玩乐玩笑是另一个人的深渊……这些，他深有体会。

暗沼在歌舞升平下悄悄滋生，都忘了就连象牙塔的本意就是忽视现实社会的丑恶悲惨，隐匿于理想中的美满的幻想生活。

可是，丑恶和悲惨，就真的能够漠视？

“我认识他的四年里，花了很长的时间为他做心理治疗，都是瞒着他妈妈的，就连那次被欺负，他也要求不通知家人，因为害怕妈妈担心。”徐相长重重吸了口烟，把剩下的一小截烟蒂砸在地上，用脚狠狠碾灭。

禹桦青将手收回身侧：“你为他们做了很多，对得起自己的良心。”

徐相长低下头，嘴角露出一个讽刺的笑：“根本不够。”

这个世界上有着成千上万个“彦使楚”一样的人，也有太多太多人会选择冷漠旁观，杯水车薪的帮助根本不够。

体育馆外，时杳杳将她所知道的一切都告诉了陆晚嫦，平静道：“你知道他为什么宁愿忍受别人的欺负也不愿意反抗吗？”

因为反抗之后是无穷无尽的麻烦。陆晚嫦在心里这么回答。

时杳杳也没打算真等她回答，继续说：“像顾明强那样的小霸王，你都要给他三分面子，彦使楚他反抗不起，因为他知道即使挨揍的是他，闹大了以后来学校赔礼道歉千恩万谢的是他妈妈……”

“其实，你跟那些欺侮他的人并没有什么分别。”时杳杳冷眼看向她。

陆晚嫦咬咬唇想反驳，时杳杳没有给她说话的机会：“你嫌弃他懦弱，但是你没发现在图书馆里大家都更愿意去问他问题去请教他，因为他耐心、细心、懂得尊重体谅人。在别人眼里，你就算成绩再好再优秀，也是一个任性、不知人间疾苦的刻薄大小姐，而彦使楚在他们心中才是可以求助的同学……”

盛夏的夜晚，徐徐凉风撩动衣角，细密地爬上渗着汗的肌肤，带起一阵从骨子里渗出的寒意。

时杳杳已经走了，陆晚嫦知道她说的那些大概只是冰山一角。

她坐在露天篮球场的球架下仰头看了许久，回到训练室的时候，偌大的训练室里已空无一人。

她被时杳杳拉出去之前，脏乱的地面和凌乱的工具，已经被收拾好。训练室的软垫上，一个熟悉的玻璃瓶立在那里。

她走过去捡起来握在冰冷的手心里，带着温度的玻璃瓶熨帖得内心一阵柔软。

3

路上，时杳杳踩着自己的影子慢慢走。

她觉得心里沉甸甸的，路灯的光晕将这条不长不短的路分割成无数个忽明忽暗的区间，她从下面走过，由暗到明、由明到暗的过程像极了穿过一个又一个人的故事。

她沉默地回味着今天发生的一切，直到一片阴影遮挡在她的上方，她停下脚步，抬头正对上萧林疏似笑非笑的眼神。

“走路不看路，你想什么呢？”

时杳杳澄澈的眼睛里满是意外，她傻愣愣地问：“你怎么在这里？”

萧林疏没有回答她，问：“一起走吗？”

两个人一时无话。

时杳杳偷偷地瞟他，心中浮想联翩，自从他加入啦啦队以后，他俩总能偶遇，就好像……他是故意在等她一样。

时杳杳被自己突然蹦出来的想法吓了一跳，他在等她？可能吗？可笑吧！

萧林疏留意着时杳杳变幻的脸色，眉目中有淡淡的不易察觉的笑意。

“有些事情不是一朝一夕能够改变的，你已经做了你能够做的。”萧林疏突然开口，“陆晚嫦这个人虽然骄纵，但啦啦队事关学校的事，她总会顾及的。”

时杳杳这才意识到他是在安慰自己，听他的意思好像他对陆晚嫦十分了解，那一瞬间的欣喜又被心里的酸涩压下去，脑海里突然浮现起一个一直耿耿于怀的问题，可能是闷在心里猜测太久，她终于忍不住问出来：“萧林疏，你……为什么会来啦啦队？”

萧林疏停下脚步，扭头看向她。

时杳杳没想到他会停下来，往前走了几步才转身。他停在路灯照不到的阴影处，看不到表情，但她能感觉到他对这个问题有些许抗拒。

“你不回答也没关系……我就是随口一提。”她有些抱歉地一笑，眉眼弯弯。

萧林疏直接回答：“人总是习惯性地把顶端的东西作为目标。

我想被一个人看见，就要在她熟悉的领域足够优秀。”

一个人，他说得隐晦，但是在时杳杳心中掀起惊涛骇浪般的数种猜想。

她有些失落地想：那一定是个很优秀的人吧，能够让他去追逐。

那天之后，很长一段时间都相安无事，有些东西在潜移默化中慢慢改变着。

“……一成套的表演包含三个部分：开场、主体、结束，根据自编套路评分规则，成套编排和完成情况的评分占比是对半的！”禹桦青指着投影仪上的数据分析，视线随着涉及的队伍移动，语速很快，“最吃分的就是难度动作，也就是翻腾、托举、抛接和金字塔，在往届的《全明星啦啦队锦标赛规则》里规定成套中必须包含这 4 类，缺少一类都是会被扣分，而难度最大值最多可以出现 15 个，这里注意一下超过 15 个的话，每增加一个也是会被扣分……而过渡动作、连接动作和难度动作里，好的过渡连接能够用最快的速度完成难度动作之间的连接，主要体现于金字塔搭建和托举时尖子的动作和下法等方面。从今天开始除了体能训练，我们主要就是学习并熟悉这些动作，今天练习最常见的几组下法，有支撑垂直落下、后仰摇篮接、前俯落摇篮接……”

队伍被分成许多个小组，以达成不同的难度动作组合，在技巧啦啦队里，有男队员的队伍里男生一般都是做底座，这是基于男女体能的差异考虑。当然也有例外，比如在三层金字塔里，三层的尖子需要做比较难把控的难度动作或者在女队员不足时，男生也可能出现在金字塔二层。

时杳杳和萧林疏、张衍几人在做摇篮接的搭建，两个底座微微半蹲托着时杳杳的双脚，两个后点在他们身后紧张地望着时杳杳。

禹桦青对萧林疏、张衍说：“我数一二三，你们俩就把她抛上去！”她又转向时杳杳，“你要在即将到达最顶端的时候做一个凌空一字马，坠下来的时候身体要收住，向后稍微仰躺，底座和后点你们要负责接住她，就像那天背摔一样！知道了吗？”

几人点头。

时杳杳心里有些慌张，平时都是在弹力床上练习凌空动作，第一次被人握住脚那种束缚感令她稍稍有些不习惯。

禹桦青微弓着腰，手掌抻平摆在身前：“准备……”

时杳杳赶紧凝神静气收敛思绪。

禹桦青的手掌做了个向下切的动作，同时沉声下命令：“一、二、三，上！”

时杳杳腿部发力的瞬间感受到来自底座的推力，两股力量叠在一起将她往上抛，在空中的动作平时练习了很多次，她顺利地完成了空中一字马。

直到她被三个男生接稳坐在他们搭起来的“摇篮”里时，时杳杳还有些没回过神。

周围响起一片掌声，不断有人喊“好厉害”。

“还可以。”禹桦青淡淡点评，“下法还包括触底，触底之后马上就要连接另外一组动作，所以触底一定要稳……”

她拍拍手召集队员：“大家都来试试，简单的空抛摇篮接触底……”

几人一组分配好。

彦使楚望着面前踩在两个男生膝盖上准备上底座的陆晚嫦，想起陆晚嫦对自己的排斥，在这种做有危险性动作的小组里最忌讳的就是针锋相对，这对队员之间的配合有很大的影响。他有些退缩，想去换一个人过来。

“你干什么？”陆晚嫦的声音从头顶传来。

彦使楚停下脚步，不敢直视她：“我怕接不住你……”

陆晚嫦抿抿嘴，眼睛望着地面，没给他一个眼神：“换什么换，你没看到别人都开始准备了？赶紧的，别拖慢我的进度。”

彦使楚犹豫了一下，在陆晚嫦凌厉的目光扫过来之前，他连忙小跑到底座身后。

陆晚嫦扶着两个底座的肩膀站起来，几个深呼吸之后，不知道是对谁说，语气很是凶狠：“接不住你们就完了！”

彦使楚眼神紧紧地聚焦在她身上。

其实陆晚嫦最后那句话有些多余，如果她稍稍回忆一下就会想起那次背摔跌下来，是彦使楚接住了她。

“一，二，三。”

她就像是礼炮里的焰火，蓄力冲上天空……

一小束阳光透过窗子铺进训练室，衬得灰白的墙壁都像是撒过细密的金粉。陆晚婧没有被抛得特别高，刚刚好接触到那一条分界线，她的一举一动就像是慢动作一样深深地录刻在彦使楚的视网膜上……

4

时间像是冗长织花布匹上细密的针脚，在日复一日的繁重训练中渐渐加快了脚步。

距离开学还有一周的时候，研武堂门口也跟着拉起了招生的横幅。还好在紧锣密鼓的训练之余，禹桦青大发慈悲地给啦啦队放假两周，时杳杳觉得庆幸，否则她还真的不知道用什么理由跟父亲解释不能去帮武馆招生。

“瞧一瞧看一看啊，研武堂习武强身包治百病，不吃亏不上当，走遍天下都不怕……”张衍喊得气吞山河，但是吐出来的这些内容，让时杳杳恨不得将手上的传单统统塞进他的嘴里！

包治百病？说得跟走街串巷卖狗皮膏药的江湖骗子一样！

她还没来得及堵了张衍那张破嘴，就听到身后传来丁若莹惊喜的声音：“杳杳，杳杳！”

她转身，看到一行人一路小跑着到了面前。

她讶异地大睁着眼望着远远跟在人群后的萧林疏，悄声问丁若莹：“你们怎么来了？”

“我们来帮你，多一个人多一份力！”周娴从周蕙身后探出个脑袋笑嘻嘻地说。

张衍“刺溜”一下从台阶上跳下来，一把揽住丁若莹身后的江旭，把手里砖头厚的传单匀一半塞进他的胳膊肘里：“好小子！够义气啊！”

“哪里哪里，我就是来看看小师妹，一日不见，恍若隔世！”江旭讪笑着。

张衍当下脸就黑了，将他手里的传单又抢过来，凶巴巴道：“赶紧滚吧你！”

“你干吗！”时杳杳一巴掌拍在张衍背上，摸着下巴上上下下打量江旭，笑呵呵地说，“多好的劳动力啊！”

大约是她笑得太有内涵，江旭头皮一紧。

研武馆坐落在一家所公立小学旁边，今天正是这所学校报到的日子，来来往往不少家长领着小孩从武馆门口经过，江旭和张衍等四个男生蹲着马步将周蕙抬起来的动作更是吸引了很多人注目。

“为什么我们放假了还要练这个啊？！”江旭苦着一张脸说。

“你少废话！”对面的张衍横了他一眼，“还不都是你！”

“你俩还抬杠！这里可没有软垫，你俩认真点！”小野被夹在两人中间，没好气地提醒。

“哎呀，我们都练了快上百次了，我做梦都在被周蕙凌虐！我怎么敢摔着她啊！”江旭夸张地猛摇头，还带着些委屈。

“……”周蕙幽幽看了他一眼。

张衍觉得江旭简直是找虐，他都不好意思骂江旭蠢。

“闭嘴，认真一点。”萧林疏冷冷看了三人一眼，吓得他们立马噤声。

“听我口号，三、二、一！”

“妈妈，你看你看！”一个小男孩拉了拉妈妈的衣角。

小男孩的妈妈一瞧，就看到不远处武馆门口的几个男生将一个女孩高高抛起，女孩在空中凌空翻转几圈，然后稳稳落回几个男生手臂搭成的圈里，随即轻轻地跳到了地上。

看呆了的小男孩更加激动了：“妈妈！妈妈！那些哥哥姐姐好厉害啊！”

年轻妈妈疼爱地摸了摸儿子毛茸茸的脑袋。

几个初中生模样的小女孩，正好目睹了萧林疏腾空翻转几周稳稳落在地面的姿势，一脸崇拜地惊呼：“哇！好帅啊！”

落地后的萧林疏带着一种浑然天成的冷峻。看清了他面容的几个女孩惊叹不已，大着胆子拉着身边的伙伴跑来招生处。

“我……我想报名！”女孩怯怯地说，眼睛不停地朝萧林疏瞥去。

时杳杳刻意放慢脚步，踱步到萧林疏面前，故意坏笑：“辛苦你啦……”

萧林疏不明所以地望着她。

时杳杳绷着笑意朝那几个女孩扬了扬眉，萧林疏顺着她的视线望过去，正好和几个女孩的目光撞在一起，对方立马像是受惊的小鹿低下了头。

“噗噗，这年头小女生就吃颜值这一套，辛苦你牺牲色相了。”时杳杳咂嘴不怀好意地调侃。

她笑得开怀，萧林疏忽地想起在走廊上与她相遇那一次，也跟着咧开了嘴。

“你笑什么？”时杳杳问。

“胆子越来越大了……”他颇有些感叹物是人非的口吻。

萧林疏脸上那种似笑非笑的表情太诡异，时杳杳还没来得及说话，从研武堂里走出来一个身材壮实的魁梧男人。

“杳杳，这些是你同学？”男人的脸上带着不怒而威的肃然，即便是平静的问话也带着严厉，探究的目光在萧林疏身上来回打量。

“阿爹。”时杳杳应了一声，嬉笑也在瞬间凝在脸上。

在场的人就连张衍也收敛不少，唯独周娴这个开朗到有些脱线的人甜甜一笑：“叔叔好，我们是杳杳在啦啦队的……”

时杳杳一直没有告诉父亲自己参加了啦啦队，眼看就要被周娴捅破，快速打断："阿爹，他们都是我的朋友，今天特地来帮忙！"

周娴愣住，其他人也是一脸惊疑。

丁若莹和张衍心照不宣地看了彼此一眼，齐齐低下头，萧林疏则是微微皱了皱眉。

时父的嘴角动了动，沉吟一瞬，垂眼说："一会儿留下来吃饭吧。"

"好的，阿爹。"

张衍蹭到时杳杳边上，警惕地瞅着已经快要进入内室的时父，迟疑地说："杳杳，其实上次，我……"话没说完，就看见已经跨过门槛的时父忽然转过头来，意味不明地瞪了他一眼。

张衍立马住嘴转身走开。

张衍奇奇怪怪的态度，让时杳杳摸不着头脑，转身却发现萧林疏已经不见踪影。她探着脑袋在四周寻找，看见萧林疏正往研武馆内室走去。

古色古香的内室，横梁和室内摆件都是暗红色的木头所造，正中央训练场地的软垫上绘的是熟悉的图腾，墙角立着几个光滑锃亮的木桩。

内室没有太多东西，一目了然。

时杳杳偷偷跟过去藏在门后探头探脑。

萧林疏正在与时父说话。室外太嘈杂，时杳杳就算是竖着耳朵也听不清他们在说什么，她只看到萧林疏从背包里掏出一个墨绿色的盒子递给她父亲，她父亲几番推拒后脸上难得地露出了笑容。

吃过午饭，彦使楚也过来了。

丁若莹望了望彦使楚身后，问道："陆晚嫦呢？"

她可记得在他们偷偷商量要来找杳杳的时候，陆晚嫦黑着脸责问的样子——"去找时杳杳怎么没人通知我？"

"有人通知你，你会去吗？"丁若莹理所当然地回，自从去吃涮羊肉那一次后，陆晚嫦就坚定地拒绝了所有集体活动，美其名曰拒绝低级趣味……

"你们直接跳过我和我拒绝那能一样吗？"陆晚嫦的态度永远那么嚣张。

"那你去吗？"丁若莹憋着一口气生生被她气笑了，耐着性子问。

"不去。"陆晚嫦将头撇向一边严词拒绝。

丁若莹算是明白了，这货完全就是在这里找存在感来了，索性直接不理她，继续和大家商量。

最后陆晚嫦接了个电话就要走，还是彦使楚强拉着又问了一遍要不要一起去，她干巴巴丢下一句"再说"就走了。

彦使楚因为上午做家教，所以和陆晚嫦约好了吃过午饭再过来。丁若莹问陆晚嫦来没来，存的也是挖苦的心思，她觉得像陆晚嫦这样的大小姐，大把的时间逛街购物都嫌不够，怎么会苦巴巴地来这里献爱心。

“她突然接了个电话，好像是她爸爸回国了，已经到机场了，要她去接。”彦使楚有些不自在但仍然好脾气地解释。

丁若莹“哦”了一声算作了解，没有将陆晚嫦的去向放在心上，倒是感慨了一番多情总被无情恼，又被自己文绉绉的酸腐气恶心了一把。

彦使楚其实撒了谎，他与陆晚嫦会合后她确实接了个电话，还是手机在她的包里响了至少十分钟后，在他的提醒下她才不情愿地接了电话。电话备注的人名姓陆，叫什么他没有看清，他猜测是她的爸爸。

陆晚嫦显然不怎么高兴，这种不高兴延续到挂断电话之后。

彦使楚见证了陆晚嫦与电话那头的人针锋相对、唇枪舌剑，还有一种即便是和丁若莹争得脸红时都没有爆发过的愤怒，最后挂断的时候电话里面的咆哮声把他吓了一跳。

“你就这么挂了？”

“不用理他。”陆晚嫦神色淡淡地随意把手机塞回包里。

他却敏锐地感觉到由那个电话触发了她的低落情绪。

果然，没多久陆晚嫦就说：“我不想去了。回家了，开学见。”

……

彦使楚正在回想陆晚嫦到底出了什么事，被肩上忽然拍下来的力道吓了一跳，一回头，是时杳杳。

时杳杳笑道：“你怎么来了？今天不用带学生吗？”

“我请假了。”他笑着解释。

“你还特意请假过来的啊？”她惊讶道。

“学生下午正好也有事。”

城西歌剧院后台休息室。

西装革履的男人自挂了电话已经在镜子前站了许久，他望着镜子里自己因为暴怒而有些散落的头发，沾水后靠近镜子小心地捋顺，试图让油亮的发顶显得一丝不苟。

在收回身体错眼看到自己眼睛时，微微一愣，他发现自己的脸上不知道什么时候起也爬上了岁月的痕迹，想起刚才陆晚嫦在电话里指责自己一心只有事业，他在这一瞬间有些脱力。

已经过了那么久，曾经那个抓住他一根指头才能站稳的小女孩现在一心只想推开他了。

他叹了口气，站直身体，从容地甩了甩手上的水渍，从口袋里掏出一块方巾，细细擦拭，末了理顺衣角，对着镜子正了正领结，显得极有教养。

副手带着一个金发碧眼的男人走了进来，恭敬道：“陆团长，表演已经结束，我将 France 先生带过来了。”说完，便礼貌地退了出去。

关门的瞬间，将门外爆发的欢呼和掌声也隔绝在外。

“M. Lu, Un spectacle superbes à……” France 毫不掩饰自己的赞叹，表达自己对这场精彩演出的欣赏。

陆远山矜持地笑着，笑容里多了些往日不曾出现的无奈。

France 是芭蕾舞界首屈一指的编剧，也曾是他亡妻、陆晚嫦妈妈的芭蕾舞启蒙老师。

在得知 France 带领的舞团今年下半年在中国有巡演时，他费尽周折请他过来可不单单是让他来看自己舞团表演的。

陆远山心里明白他的舞团在国内虽然首屈一指，但是在国际舞台上实在不算什么，他想将陆晚嫦推荐给这位芭蕾舞届的名宿。

但陆晚嫦却拒绝了，说什么要参加啦啦队没有时间。

这个理由让他十分恼怒和挫败，什么狗屁啦啦队，这种不入流的运动哪有什么出路！

他在心里暗自做了一个决定。

第九章

我有时候在想，
为什么你这种人会是我爸爸……▼

1

武馆内，时杳杳刚刚把大家送走，一直不见踪影的萧林疏悄悄出现在她的身后，她吓了一跳。

“你躲在这里干吗？”

萧林疏抱胸挑眉：“我可是一直站在这儿。”

撒谎！时杳杳在心里反驳，却没有纠结这个问题。她是个藏不住事的人，就连中午吃饭的时候目光也是逮着机会就往父亲和萧林疏身上瞥。

“萧林疏，你认识我阿爹？”

萧林疏沉吟半晌：“我以前在你们家武馆学过武。”看她一脸惊悚的样子，笑道，“你应该是没有印象的，那时候你忙着准备青武赛。”

时杳杳回忆了一下青武赛的那段时间，实在是想不起有萧林疏这么一个人。

萧林疏也不多说，眯着眼岔开话头：“你还没有告诉你爸你参加了啦啦队啊？”

不怪萧林疏想得多，实在是时杳杳今天对啦啦队这个词警惕得就像是遇到猫的老鼠一般。

时杳杳一缩脖子，讷讷应了。

“我不敢告诉他，我不知道他会是什么反应……”她擤擤鼻子，声若蚊蚋。

萧林疏看着面前的少女，夜风把她的短发吹得有些乱，散在光洁的脸庞上。

恍惚间，他像是看见许多年前她在武馆里打桩的场景，那时候他的唯一想法是：那该多疼啊！那时候的她在同年龄的女生里算是比较高的，却也够不到木桩最上面一层的把手，可她带着稚气的脸上有与年纪不一致的森严。

日复一日每天一丝不苟，直到青武赛结束，武馆里她捧着亚军的奖牌奖杯给那个虎着脸的馆长也就是时父的时候，眼睛里隐隐有了一丝期待。

那时候他不懂她期待的是什么，现在他才明白，那时候她也许在内心深处希望能够得到她阿爹的认可吧，哪怕是轻飘飘的一句“不错，下次加油”也是好的。

时杳杳应该是一个把父亲的态度当作准则的人，渴望敬仰的父亲承认她、支持她，父亲对她的认同在她心中意义深刻。

“你放心吧，你阿爹早就……他不会怪你的。”萧林疏在心里骂了句笨蛋，他想起刚才在内室看到那一立柜的奖牌奖杯时，时父虽然一脸肃然，但是仍掩不住眸中骄傲的光彩。

在时杳杳瞪大圆溜溜的眼愕然望着他的时候，他说了一句更加让她不可思议的话：“你是他的骄傲。”

时杳杳揣着满肚子的问号回到内室，萧林疏并没有解释最后丢下的那句话就走了，她也摸不准他说的到底是什么意思。

带着满脑子的问号经过内室的时候，她父亲正坐在蒲团摆弄一个墨绿色的锦盒，时杳杳认出这是萧林疏交给父亲的，不由得好奇地打量了几眼。

“过来看看？”时父抬眼扫了她一眼，看得出他心情还不错。

时杳杳从善如流地走过去蹲坐在逆手席的蒲团上，好奇地探头凑过去瞧了一眼——茶叶。

时父素来有两个心头好，一个是祖传的家业——武术，还有一个就是茶，就连现在他们所处的这间会客室都被装饰成了茶室的样子。

时父用茶则从锦盒里细细挑了些出来，送到时杳杳面前。

时父爱茶，连带着时杳杳也没少了解这些茶，经常就是他泡茶前先给她认，认完了，他泡好了给她闻，闻完了，他再喝……

好像不走这么一套程序，他就喝不出茶的甘香一样。

她习惯性地凑近仔细瞧了瞧，色泽翠绿，香气浓郁，扁平细长。

“龙井？”

时父满意地点点头，咂咂舌：“特级雨前龙井啊……”末了又皱眉，这一盒在市场上还不知道能被炒到多高的价。

午饭前，萧林疏拿着一盒子茶交给他的时候，只是平淡地说：“时师傅，这是今年我家的茶庄里新出的茶叶，记得您爱茶家里特地嘱托给您带过来……”

那时候，时父不知道自己收下的是这样一份珍品，好的茶叶从来有市无价。

时杳杳这时候才知道萧林疏家里原来是做茶叶生意的，转眼看到自己阿爹义正词严地念叨着还是还回去吧，却又明显肉疼不舍得的样子。

“您留着吧，我还给他他也不会收。”时杳杳有些想笑，但是没敢笑出来，以前怎么没察觉阿爹这么孩子气的一面。

她想起了另一个问题：“阿爹，萧林疏以前在我们武馆待过？”

“啊？是啊，就在你备战青武赛的时候来的。”时父正在收茶则，挑挑眉略回忆了一瞬，对她娓娓道来，“别的孩子都是家长领着来，就连张衍那野小子也不例外，而萧林疏从出现在武馆的时候就是一个人。”他眯着眼，像是透过岁月看到了当时的光景。

瘦弱的男孩，还只到他的胸口高，举着厚厚的一沓钱固执地跟在他身后。一个十一二岁的孩子携带着来历不明的巨款，时父当时并不敢收他，可是这阻止不了萧林疏。此后，萧林疏就像是准点报到一样，放学就背着个书包在武馆外的家长等候区趴在立柜上直愣愣地望着里面的孩子训练……时父看他真的热爱武术终究是把他收下了。

时父还记得当时他几乎是立刻解下书包，从里面又把那沓钱掏出来工工整整地摆在自己面前。

时父咂着嘴至今心有余悸道：“我当时心里还在想，这孩子每天身上带这么多钱出门，没有出意外真是万幸！”

“后来，没过小半年，他就被他父亲找过来接回去了。不过他父亲家里好像是浙江的，不知道怎么又回了秋澜……”时父喃喃着说完。

时杳杳一直没说话，时父望了她一眼，她似在思考什么，绷着一张脸严肃的样子。

时父一恍神，自去年给她停赛开始，好像许久没有看到她露出这样的表情了。

“杳杳，你最近……在做什么？”时父支吾着。

他难得过问时杳杳近况，或者说他不知如何过问，杳杳的妈妈体弱，生下杳杳后没多久就撒手人寰，他是一个五大三粗的糙汉子，第一次做父亲什么也不懂，从小就把杳杳当男孩子养。他有着比大多数父母更多的严厉、粗糙和不善言辞，研武馆是他的心血，而他对女儿的期待在一段时间内与武馆深深地捆绑在一起，他把对自己的严苛同等地加诸在女儿身上，收效颇丰，女儿在武术这条道路上越走越远。

时间久了他也渐渐发现，女儿不知什么时候变得越来越沉默寡言，和他这个父亲也远没有了幼时的亲昵。

他想改变，但女儿已经学会了察言观色，面对他总是怯怯低头沉默，这时候他发现自己其实一点也不了解女儿，他不知道该怎么和女儿沟通。

于是，他停下了所有的赛事，企图在生活中默默地观察女儿了解女儿。失去过妻子的他明白，所有的成就都比不上家庭的圆满。

时杳杳没有说话，显然是没有领会到父亲的心意。

时父放缓语气：“听张衍说，你参加了学校的啦啦队？”

她埋着头看不见父亲的表情，闻言呆了一瞬，想起张衍下午的欲言又止，心中暗骂张衍这个不讲义气的，但更多的是忐忑。阿爹知道？他是什么时候知道啦啦队的？他现在是想要她退出吗？如果真的是这样，那她该如何抉择？

她紧张地绞着放在桌下的手，浑身僵硬。

自从时父不再替她安排赛程开始，态度就十分令人难以捉摸，从前她至少可以在武术上去取悦父亲，但是现在她不知道该如何和不苟言笑的父亲相处。

“我不是要怪你。”时父看她惴惴不安的样子，费力地开口解释，“阿爹想过了，武术是阿爹毕生的目标，但如果武术不是你喜欢的，阿爹不应该强加在你身上。你有选择自己要过什么样人生的权利，阿爹不想你将来怨恨我，你可以像同年龄的孩子一样去辅导班、踢球、上街，为了考试通宵达旦、在假期里疯得像猴……这些都很好。杳杳，你这个年纪不应该成天和武馆里的木头桩子为伍……”

时杳杳心中狠狠一恸，泪水就这么不由自主地涌出眼眶。

父女俩很少谈心，以往的交谈大多是关于武术的教习还有赛前的指导，他难得一口气对她说这么多。其实这些话在他心里憋了许久，他想起今天在武馆出现的那群少年，一个个都是那么明媚开朗，那才是这个年纪里该有的模样。时杳杳和他们打闹在一起，脸上笑容就像是孩提时那样开怀，那么干净、纯粹而直接。

是他许久没有见到的。

后来，他叫了她，在看见他的一瞬间收敛了脸上的笑容……

时父叹气：“你娘走得早，阿爹常常在想，如果你娘在世，会不会好一点。希望你不要怪阿爹……”自责的情绪再一次出现在这个岿然如山一般冷硬的男人的脸上。

“不是的。”时杳杳忽然抬头，闪着泪光坚定地说，“我从来没有责怪过阿爹，我只是怕阿爹不满意，我怕我不够努力让您失望！”

她的声音渐渐低下去，时父脸上的严肃随之渐渐崩裂。

她常常不知道自己该坚持什么，常常反问自己是不是做得不够好，却从来没有去责怪过父亲的严苛。她将所有的孺慕之情寄托在日复一日的训练里，父亲的一个肯定眼神便是她继续为之奋斗的理由。

时杳杳咬着唇，想起萧林疏的话，萧林疏不是那种会空穴来风的人，她相信他，更加迫切希望他说的是事实。于是，她讷讷问：“阿爹，我有没有哪一瞬间令您感到骄傲？”

大概是她那双大眼睛里噙着的委屈还有期待渗进了时父的心里，在她抬眼的一瞬，他觉得有些难以形容的酸涩和心疼。

“当然有……”他顿了一下，双手摸上她的头发，第一次用那种一个父亲包容捧在手心的小孩一样的柔情，轻声坚定地切除她所有的顾虑和质疑，“每一天。”

2

时杳杳哭了很久，直到回到房间的时候眼眶还是通红的，就好像是在尘垢里掩埋许久的物件，突然被挖掘出来承认了它的价值，而她满腔的情绪比之热烈数百倍。

自她懂事起，父亲就没有见她哭过，她脑海里闪过刚才父亲手足无措，干坐在一边不知如何是好的样子，又破涕为笑。

其实并不是阿爹不关心她，就像阿爹说他不了解她一样，她一味地追求自以为阿爹希望她达到的高度一样，都是笨拙的相处方式。

她这么想着，掏出手机找到萧林疏的号码，郑重地发了一条短信过去。

——“谢谢你。”

没多久，手机屏幕又亮起。

——“别乱想。”

时杳杳正要问他什么意思，手机又振动一下，跳出来一条短信。

——“不客气，别乱想，不要哭鼻子，早点休息。”

时杳杳气鼓鼓地正要发“我才没有哭”，感受到眼睛的酸涩，又想起很久之前在医务室门口自己好像也因为这些在他面前哭过一次，顿时泄气。

沉默半晌，她又抬起手认真地编辑了“晚安”两个字，想了想又加了个表情才发过去。

屋里没有开灯，手机屏幕悄无声息地亮起，惨白色的光照得萧林疏面色比往日更冷。

“晚安（◕∀◕）ﾉ♡！”

萧林疏盯着跟在最后的那个表情，心想她这么有活力应该是和时师傅坦白了，脸上不由得多了些许笑意。

当他再次抬起头来的时候，屋里的夜色好像比之前更加浓重。

有时候，我们想要隐瞒一件事，总以为自己隐藏得很好，但是很久以后才会发现，在大人面前我们永远都是小孩子，我们拙劣的演技、故作镇定的惊慌、强颜欢笑的仓皇，他们一清二楚，而不点破就是他们对我们的年少无知最大的谅解。

开学以后，紧张的训练生活又开始有条不紊地继续进行。

“今年的全明星啦啦队比赛的赛程规则已经下发各地，就是我手上现在拿的这一份。”禹桦青举起手册，队员们一片哗然。

禹桦青翻开手册，挑选了一些细节念道：“比赛时间是在明年一月，场地是在广州体育馆，分为预赛和决赛……”

“要去广州啊？”周娴兴奋地捂嘴，周蕙没理她。

“对啊对啊，要出省哎！我还没出过省！”前排的江旭转过头来一脸兴奋。

张衍一听是在广州，顿时黑了脸，掏出手机上网查广州体育馆的地址。

丁若莹凑过来一瞧，顿时乐了：“难得看见你这么积极啊，还有三四个月呢，就开始查方位了……”

张衍有些崩溃：“我家老头子的公司就在广州！”

时杳杳就在丁若莹旁边，张衍的妈妈是时杳杳去世母亲的闺蜜，也算是她的干妈，据说这个干妈最大的爱好就是把女儿打扮成小公主，小时候张衍没少被折磨。

“怎么样？”

“五十公里……”手机地图上两个地点之间是一条笔直的线，张衍悲痛欲绝道。

禹桦青调试好投影仪，打断他们的讨论：“安静，现在我们来讨论一下，成套动作怎么能做得更加出彩，这样才能提高你们在全明星赛上拿到名次的概率。”

听到拿名次，众人好像被打下一剂强心针。

“看一下，我接下来放的是往届的全明星比赛录像。”

禹桦青准备得很齐全，往届的冠军队的比赛录像，还有美国的全明星比赛录影。

当最后一盘录影带看完后，禹桦青问队员们：“有什么想法？”

时杳杳澄澈的目光渐渐凝重，众人的神情也都严肃起来。

录像带里不同年份、不同国家、不同队伍的成套动作，都在告诉他们一个事实——他们距离国内成功的成套啦啦队还有一段距离，更别说美国的全明星啦啦队。

啦啦队这项竞赛是在20世纪后才由美国传入中国，与历经了一百多年发展的美国啦啦队相比，中国啦啦队还有许多不完善的地方。

而这其中的差异，在成套动作中直观地体现出来。

更流畅、更动感、更具观赏性……

禹桦青看着沉默的队员：“现在我们需要考虑的是我们的成套怎么样才能更好地将舞蹈技术、艺术表现力、协作能力、动作编排的表现力表达出来……”

江旭扯扯嘴角，面露难色小声嘀咕。

禹桦青扫了他一眼：“有什么问题吗？”

江旭浑身一紧，所有人的视线都落在他身上，他尴尬得脸都涨得通红：“教练你说得这么高大上……我……听不懂。”

时杳杳“扑哧”一下笑了出来，女生们也跟着哄堂大笑，江旭脸更红了，张衍一脸恨铁不成钢地看着他。

“本来就听不懂嘛！”他还在小声为自己辩白，“我就不信你听懂了！”

张衍翻个白眼，凑过去小声回他：“起码我不会这么丢脸地说出来……”

“好了，别笑了。”禹桦青笑着打断，“不那么高大上，那就是想一想怎么尽可能让人耳目一新，换句话说就是如何得高分。”

张衍和江旭两人赶紧正襟危坐，一副求知若渴的样子。

经过他俩这么一闹，气氛也没有那么严肃，大家都开始七嘴八舌地讨论起来，但是禹桦青的眉头始终没有舒展开。

就在大家集思广益苦思冥想之际，萧林疏矜持地笑了，时杳杳虽然也在听丁若莹说话，但是她的注意力始终没有离开萧林疏。

“你笑什么？”时杳杳问，“你有主意了？”

萧林疏笑着没有说话，时杳杳锲而不舍地追问：“说来听听嘛，我可以帮你参详参详。”

萧林疏忍住笑意，反问她：“我们比起专业的体操手有什么不一样？”

时杳杳思索片刻，不确定地说：“没那么专业？”

“对。专业的体操手，对于技巧啦啦队来说是一个优势，但是对于没有那么专业的我们来说，我们也有他们不具备的东西。以前在杂志上见过相关的技术剖析，美国的啦啦队会将 Hiphop、B-boying 的街舞动作与常规啦啦操的动作融合……”

时杳杳好像明白了什么，却没有头绪，一脸殷切地望着他，等他继续说下去。

“我们的队伍里有擅长街舞的。”萧林疏看向一脸茫然的张衍。

“有擅长芭蕾的。”他又看向陆晚嫦，陆晚嫦明白了他的意思，撇撇嘴看向别处，正好与彦使楚的目光撞上……

“擅长跑酷的。”他向着另外一堆男生看去，时杳杳随着他的目光看过去，那几个男生她记得，有好几次碰见他们在体育馆的台阶和篮球场上蹿下跳，原来那叫跑酷？

……

时杳杳跟着他一个个看过去，对于大家擅长的运动，萧林疏说得分毫不差，他是在什么时候了解了这么多的？时杳杳一直觉得只是跟着啦啦队走，现在却发现其实萧林疏才是队伍里最清醒的人。

“还有擅长武术的。”萧林疏的目光最后落在她身上。

时杳杳赶紧努力呼吸，他的眼神就像一个真空的玻璃罩，把周围的一切甚至是空气都隔绝开。

“相当于我们在不同的领域都有一个专业的指导老师……”萧林疏一边说一边看着她的眼睛，忽然就挪不开视线。

她的眼睛像是融进了一片海洋，海面风平浪静，海底有一个深邃的漩涡。

而此刻，那个漩涡也同样凝视着他，以不易察觉的万钧之力向他蔓延，将他往中心拉扯……

萧林疏的话像是给在茂密丛林里迷失方向的啦啦队，指出一条隐秘的小径。

“意味着我们的成套里可以有更多的别出心裁的元素！”禹桦青颇具赞赏地看了他一眼，将两人的注意力重新拉回来。

从那以后，啦啦队的目标就开始明确起来，同样的，队员们的身上就好像是背了一座无形的大山。比赛的日子一天天靠近，他们都感受到了前所未有的压力，这种压力直接体现在训练任务的逐天加重上。

“前排分成两组以 X 队形空翻穿插，在交汇点的地方更加要注意次序和间隔，还有动作的协同性；后排三个小组底座一定要搭稳，只有底座够稳，尖子才能够高！后点随时做好准备接尖子……”

“……跳跃站稳加上翻腾，后翻、前翻交错进行。翻腾是体操的技巧动作，毽子小翻、后软翻、团身翻、后直……这些都是技巧啦啦队的亮点！四组宝莱坞旋转在前面准备好，这是一个重点分主体，你们要为后面搭人墙做遮挡吸引裁判还有观众的注意力，注意安全坚决不允许出错！”

宝莱坞旋转的由来，是在进行动作分析的时候由江旭提出来的，在 2010 年温哥华冬奥会的花样滑冰创编舞《Indian folk dance》的一段托举的舞伴特技，创意来源于歌舞剧《宝莱坞生死恋》。

在它还是一个理想的概念动作的时候，江旭没少因为《宝莱坞生死恋》这部爱情歌舞剧被时杳杳取笑他来自糙汉子的少女心。

简单地概述这个炫技动作：男生将女生托举起来，全靠手臂的力量将女生绕周身旋转一圈。在时杳杳看来，这是一个和抛接一样炫的动作，也具有足够的危险性。

竞技运动从来都是双刃剑，当观众觉得赏心悦目的同时，也能够感受到这段表演背后付出的汗水还有伤痛。

……

“尖子掌握发力中心，轿抛在依靠底座发力的同时，尖子也要借助自身的协调性快速保持平衡向上发力，双向发力能够跃得更高。这意味着什么，一秒钟也许就能够决定你在空中的踢转度数是360°、540°、720°，还是1080°！”

……

“我说了多少次！你要对你的队友负责！你的一个小失误有可能会让你的队友面临一辈子的残疾！你要把这句话像是紧箍咒一样套在你的头上，让它监督你限制你，你不能把它解下来！”

江旭像是被风雨摧残的小树苗迎风瑟瑟发抖。

“去操场上跑五十圈！现在立刻马上！”

……

周末学校食堂里，寥寥几个住宿生在窗口打饭，啦啦队的成员将几张桌子拼在一起吃午饭。

“教练是不是疯了啊！最近这几波训练实在是太狠了！”江旭刚从操场上下来，浑身的骨头缝里都像插进了无数根弹簧，控制不住地打晃，砰地瘫在饭桌上装死。

周蕙斜了他一眼，一把将他大张在自己面前的手肘推回去。

江旭顺势向另一边倒：“你有没有人性啊！我都快成半个残

废了……”

周蕙没有说话，将袖口撩了起来，手臂上一团青紫伴随着浓重的药酒味，江旭立马噤声。

他们吵得欢乐，这边也一字排开当是下饭表演。

这边，丁若莹刚从时杳杳的餐盘里舀了勺脆藕，含含糊糊地好奇问：“喵喵，你饭盒里怎么这么多花花绿绿的！”

“我妈是营养师，她知道我参加啦啦队给我补充营养……”喵喵不太爱笑，一句话说得死气沉沉，“这是补充维生素，这是蛋白质，这是增强免疫力……”

她一个个数下去。

江旭抬起头，幽幽说：“有能让人不那么累的吗？”

喵喵顿住，想了一下，抿着嘴说：“一斤砒霜够不够？”

“你敢把我毒死，教练会放过你？”

喵喵笑了：“她会让周蕙把你从坟墓里挖出来……”

因为时间紧迫，他们已经贡献出了所有的课余时间，周末训练不说，就连上图书馆的时间都直接变为去训练室训练。

“这样超负荷的训练，你不怕他们崩溃？”徐相长每次不可思议地看着训练室里花样百出的动作，都会感叹一番。

“运动员唯有练习才能更出色。”禹桦青神情严肃，“极限就是用来超越的。”

3

下午三点半，训练室迎来了一位特殊的客人。

时杳杳在众人的小声提醒下终于注意到门口的男人，笔挺的深色西装，锃亮的皮鞋，一丝不苟的头发，年纪大约四十。

“您好……”男人并没有因为她的接近分给她一个眼神，还是目不转睛地望着训练室内。

时杳杳再次礼貌地打招呼，男人终于斜眼看了她一眼。

丁若莹盯着门口的动静，留意到男人傲慢的动作，有种莫名的熟悉感，推推身侧的周蕙道：“哎，你们有没有觉得，他很像一个人……”

周蕙打量了几眼，若有所思：“你这么说……倒是有点！”

两个人不约而同地将目光投向正在教彦使楚的陆晚嫦。

陆晚嫦正不耐烦地训斥笨手笨脚的彦使楚：“……你的手别跟个僵尸一样……”

收回视线，两人一同点头：“很像！”

时杳杳走向陆晚嫦：“门口有人找你。”

“谁啊？”陆晚嫦头也不回。

时杳杳有些迟疑，彦使楚向门口稍稍侧目，只一眼就愣住了。

陆晚嫦咂舌：“怎么了？”

“门口那位先生找你，他说他是你爸爸。”时杳杳说。

陆晚嫦的动作一僵，回过头果然看见那张不苟言笑的脸。

这时候身边的彦使楚无意识地说："陆先生？"他很惊讶，陆先生是他暑假带的学生的家长，假期结束的那一周见过几次，不是很好相处的人，可他怎么会出现在这儿？

"你认识他？"陆晚嫦反应很大，彦使楚被她吓了一跳。

"嗯，他是我带的学生的家长。"

"你的学生叫什么名字？"她追问。

"陆麒……"

"地址是哪里？"她脸上有种山雨欲来的汹涌。

彦使楚报了一个地址，陆晚嫦的脸瞬间就冷了下来。彦使楚心里有个不好的猜想，该不会自己带的学生陆麒就是陆晚嫦的弟弟吧？

不止彦使楚，周围竖着耳朵偷听的队员心中的八卦之魂都被这八点档肥皂剧一般的剧情点燃！还有的人暗叹彦使楚手段高明，原来结束暗恋苦逼之路的捷径是先和暗恋对象的家人搞好关系？

但是很快众人发现，这个暗恋对象与她的家人的关系好像……不太好！

何止是不太好啊！靠得近的时杳杳在心里呐喊，陆晚嫦与她擦肩而过的时候那个脸拉的，身上的低气压就像是台风的风眼，所过之地，生灵涂炭！

训练室外，天空阴沉。

陆晚嫦站在陆远山的对面，他们已经很久没见了，但是她连客套的话都懒得说，开门见山：“你来做什么？”

“这就是你对爸爸的态度？”陆远山气不打一处来。

“有何贵干？”这下直接连称呼都省了。

陆远山觉得这个女儿大概天生就是自己的克星！专门来气他的。

他强压下自己的火气：“我来找你舅舅，给你办休学手续，然后去意大利念书，我拜托了France指导你，他也答应了。”

陆晚嫦打断他的滔滔不绝，斩断他不切实际的构想：“我不去。”

“陆晚嫦，现在不是你任性的时候，这其中的利害关系你根本……”

“我说了我不去！”陆晚嫦大喊，“你不是已经打算在秋澜定居了吗？现在假惺惺地摆出一副为我好的样子做什么？”

“什么？”陆远山对她的跳脱表示不能理解。

“陆麒，还有他那个妈——你的小老婆。”她咬牙切齿地说出这两个人，恶狠狠的样子像是恨不得将他们咬碎，“我现在才知道他们都已经住进我家了，陆远山，你够可以的！”

“你胡说八道什么？”陆远山的耐心彻底耗尽，他不想理会陆晚嫦的胡搅蛮缠，说到底也有些恼羞成怒的意味，“我告诉你，你去也得去，不去也得去！”

灰扑扑的天空阴云密布，黑色的云朵压得很低，里面像是有什么黑色的暗流在迅速涌动。

“陆远山，你就是这么专制、这么霸道、不近人情，你说什么所有人都必须妥协是吗……”陆晚嫦的声音忽地压低，但是她浑身像是竖起了刺，说出来的话针锋相对，她抬头直视眼前这个被她叫作父亲的人，“你有没有想过，我一个人在意大利会不会孤单，会不会好过？”

一个人身处异国他乡，没有家人没有朋友，举目无亲孤苦漂泊。

她不想要过这样的生活，而她的爸爸、她的亲生父亲，似乎没有替她考虑过这些。

“我怎么没想过？你在意大利当然会很好！有最好的老师、最好的学校、最好的生活，这些是别人求都求不来的，你有什么不满意？”陆远山也动怒了，他恼火地瞪着女儿，已经很久没有人这么指责过他。

“我有什么不满意？”陆晚嫦盯着他的脸，笑了。她甚至有一种想要鼓掌的冲动。

她笑得肩膀不停抖动，笑得胸口的空气都消耗干净硬生生迎来一阵刺痛，她笑得快要喘不过气来。

“你从来不在乎我在想什么，不在乎我过得好不好，不在乎我到底需要什么！也从来不在乎妈妈！在你的心里，这些都不重要，你的眼里只有钱，只有你的事业，你以为这个世界上只要付了钱就可以对等，就连感情也能够用金钱来衡量！你认为给予了金钱就是最大的牺牲，我和妈妈也只是你保证事业上升的工具，就是一个媒介，是你追求名利的垫脚石。你根本就没有感情，你信奉的只有利益，你爱的也从来只有你自己！”

她笑着说的每一句话，都像是一把杀人于无形的利刃，她口不择言地撕开他们父女关系之间仅存的遮羞布。

妈妈去世之后，这些话埋在她的心里很久，被一层浅薄的灰尘覆盖，只要轻轻擦拭就能显露，她常常提醒自己不要忘记，要认清眼前这个男人。

陆远山望着眼前这个女孩，她几乎是在咆哮，她嘴角那一丝讽刺的笑容，不知道是在嘲笑他，还是在讥讽她自己。

他应该生气、应该暴怒，自私又怎么样？这个世界大公无私的人在还没有站稳脚跟的时候就被人踹下去了。他竭尽全力经营这个家，不分昼夜地在外打拼难道换来的就只是女儿的指责？

但是，在目光触及她脸上巨大的悲伤时，内心的叫嚣顿住了，他眼前浮现出十多年前的记忆，那张相似的美丽脸庞也是用这样的表情说着类似的指责……

他张了张嘴，说不出话，那一番冠冕堂皇的推脱之言再也无法说出第二次，他哑口无言。

如墨的云层不安地涌动，空气中有一丝不安分因子，让人没由来地烦躁。

接着，陆晚嫦说了一句让陆远山终生难忘的话。

她说："我有时候在想，为什么你这种人会是我爸爸……"

陆远山浑身一震。

远处的暗沉云层里传来隆隆声，闷闷的、沉沉的，轰隆隆的声音由远到近，敲击着他的耳膜、钻进他的心脏……

陆晚嫦的心里有什么东西碎裂开，伴随着雷声，分崩离析。

"我不会去的，我不会像妈妈一样刚被你利用完就一脚踢开，我不会去的！"

云层里炸雷的轰鸣声还在不停地响起，像一场盛大的哀之奏鸣，演奏了许久。

陆校长得到消息匆匆赶来的时候，就看到陆远山一脸痛苦地抱头站在原地！他找了一圈没有看到陆晚嫦。

"晚嫦呢？"他抓住陆远山的衣领质问。

不远处通风报信的时杳杳和彦使楚都被陆校长那铁青的脸色吓到了。

陆远山没有回答，整个人绷得很紧，脸上有一种类似痛苦的神色。

"浑蛋！陆远山你浑蛋！"陆校长像一头被激怒的狮子，大声咆哮，失去理智的他挥舞的拳头像从天空坠落的雨点一样落在那个男人的脸上，"陆远山，你夺走了我妹妹！现在还来折磨她唯一的女儿！陆远山我告诉你！如果连晚嫦也出什么事，我不会放过你的！我会让你知道身败名裂也是一夕之间的事！”

没有人敢上前拉，最后是闻讯赶来的萧林疏拦住了他：“校长，现在找到陆晚婧才是最要紧的！”

这是时杳杳第一次也是唯一一次看到一向文质彬彬、好脾气的陆校长像一个疯子一样口不择言地咒骂。

那时候她不懂得陆校长为什么要这样，但是很多年后，在陆晚婧告知了她那段狗血的家庭关系之后，再想起这段回忆，她终于知道藏在这个暴雨天气背后攒动的悲伤，那是像随之而来的倾盆大雨一样的眼泪，是积攒了十多年终于火山爆发的感情。

第十章

所有的努力，
都不会被辜负。▼

1

一阵兵荒马乱之后，彦使楚跟着陆校长找到了陆晚嫦，在陵园。

她坐在地上，抱着冰冷的墓碑，哭得汹涌。在这一刻她就像一个惊慌失措的迷路的孩子，滂沱大雨让她浑身湿透，脸上的眼泪和雨水混杂分不清楚。

空旷冷清的陵园里，雨水敲击地面的噼啪声，还有不时撕裂天空的雷鸣，这些声音都掩盖不了她撕心裂肺的哭喊声——

“你为什么要抛下我？为什么？为什么？”

陆校长停住了脚步，彦使楚感到胸口传来排山倒海的猛烈震荡，还有像是被闪电劈开血肉的疼痛。

他慢慢走过去，走到她的身后。她脸庞苍白，眼神呆滞，嘴里喃喃着“为什么”。

陆晚嫦的脸颊压着墓碑上的半张黑白照，照片上的女人矜持地微笑着，但即使是微笑也掩盖不住她眼底的忧郁，墓碑上用舒展的隶书刻着她的名字——陆飘。

陆校长说不出心里是一种什么样的感觉，除了陆飘葬礼的那一次，陆晚嫦从来没有在他面前流过眼泪。

他也想问陆飘，为什么要那么狠心离开陆晚嫦，难道活下来就那么难吗？难道那个男人就那么重要吗？

他们是从孤儿院里出来的孩子，从小相依为命，陆飘就是他的世界。

陆远山则是优秀企业家的孩子，那个唯利是图的企业家为了博个好名声赞助了很多孩子在他们投资的白鹿洞私立学校读书。

只是一次镁光灯下的伪善作秀，这个单纯的、脆弱的、怯生生的，还不知道世界有多险恶的女孩就那么义无反顾地爱上了流淌着自私血液、靠着华美衣冠装饰得光鲜亮丽的陆远山。

但是，陆远山的身边不缺女人。不知道是一时兴起还是怎么，他投资了一个芭蕾舞剧团，陆飘为了博他另眼相待拼了命地学习芭蕾。

天分实在是一个很古怪的东西，短短的五年，陆飘就在这一行里靠着她对芭蕾非凡的天分崭露头角，甚至在机缘巧合之下被France相中，悉心教导。

爱情就是这么开始的，一时之间这段“芭蕾良缘”传为佳话，但是谁也不知道陆远山是不是真的爱陆飘，这有什么重要呢？相比起名声、地位、金钱来说，爱情实在是无足轻重……

但是，偏偏就有人将爱情看得比命重要啊！

“一切都会好起来的……”彦使楚轻轻揽住陆晚嫦的肩膀，轻声安慰。

“呵呵……”陆晚嫦哭着哭着，挤出一个嘲讽的笑容，扭头问他，“一切都会好起来的？呵呵，怎么好起来？我妈妈能从坟墓里爬出来吗？”

“不能，但是你妈妈如果看到你现在这个样子，她一定会心疼的……”

“她会吗？”她反问，“我亲眼看着她从楼上跳下来，我什么都做不了，只能看着她的血流满地面，感受她的体温一点一点凉下去。你根本就不能理解那样的经历，那种感受。所有人都想要拉开我，告诉我，你妈妈死了，你要坚强，节哀顺变！我坚强不了！我每次梦到她离开人世的最后一刻那个绝望的眼神，我都会从黑暗里惊醒！但是我面对的还是黑暗，理智会告诉我这一切不是梦，每一个夜深人静的夜晚都会提醒我，这个我最亲的人，她抛弃了我！”说到最后，她已经哭不出声。

陆晚嫦没有办法说出当那些人一脸惋惜地“安慰”着自己的时候，她有多悲伤。“一切都会好起来的”——这是谁都会说的一句预言性的承诺，也是一句没有任何实际意义的废话，一句很残忍的话。你永远无法估量在被安慰的人心中，究竟会因此残存多少希望。

但她很清楚，在妈妈从楼上跳下来那一刻之后，一切就已经好不起来了……

“是我做错了吗？她为什么不肯为了我留下来？”她难得地显露出一丝脆弱。

很久之后，在经历了人生数不清的动荡局面后，再次想起这一天，彦使楚始终没有办法忘记陆晚嫦坐在墓碑前歇斯底里、号啕大哭的样子。

“不，你没有错，错的不是你。”他斩钉截铁地告诉她。

他们离开陵园的时候，雨已经停了，雨停的时候也像来的时候一样匆忙。

陆晚嫦的眼泪也停了，恢复了平静，就好像她只是和以往的清明节扫墓一样。

陆校长朝她一笑，没有戳穿她。

直到第二天，陆晚嫦才反应过来自己在陵园有多丢脸。

她口不择言地威胁彦使楚：“你要是敢把昨天的事情透露出

去只言片语，我就、我就……”她想不出来该怎么办。

“我不会的，我保证。”彦使楚一脸认真地许诺。

陆晚嫦盯着他的脸，忽然就泄了气，就像自己狠狠一刀捅在棉花里，所有的力道都被轻巧地卸去。

彦使楚看她还是怏怏不乐，以为她是不信：“我真的不会说出去的，我骗谁都不会骗你的！”

大概是彦使楚严肃说出的这句话太令人遐想，陆晚嫦有一丝不自在，扭头敷衍地挥了挥手，说：“好啦好啦，算了算了。”

“我真的不会说出去！”彦使楚还在信誓旦旦，“不然我把我的秘密告诉你？”

陆晚嫦哑口无言，在接下来的半个小时里，都被彦使楚强拉着听他说他那些不堪回首的过去……

她越听越心惊，也越来越心寒。

如果说陆晚嫦是自己从人群里走出来的，那么彦使楚就是被所有人推出来的，人的劣根性就是欺善怕恶，还有就是一味地逆来顺受。

而让彦使楚逆来顺受的起源，竟然来自他的母亲。

一个女人究竟要有多强悍的忍耐力，才会忍受那么长时间来自另一半近乎虐待的暴力？陆晚嫦不明白。就像她不明白明明应该是关系最亲密的两个人，怎么能够走到互相伤害还理直气壮的地步一样？

她甚至怀疑，也许那个没有了爱情就像是失去全世界的、菟丝花一样脆弱的母亲，她做出离开这个世间的决定也许是对的？至少她不需要面对爱别离、求不得的苦楚，也不再需要日复一日地守在空旷的家里等那个等不到的人……

她想起在她对彦使楚冷言冷语的日子里，时杳杳告诉她的关于彦使楚的身世，看向彦使楚的眼神也开始有了别的含义。

“我告诉你这些不是为了博同情，因为这些对于我来说是很难堪的回忆。如果我告诉了别人你的秘密，你大可以将这些公之于众……”彦使楚笑得很实在，眼睛里全是赤忱，“你相信我，我永远不会做伤害你的事！”

陆晚嫦不动声色地低下头，遮住眼底的震惊，但那些惊涛骇浪却骗不了自己的心。

2

接下来的日子开始简单起来，陆远山没有再出现，也不再像以前一样打电话轰炸，这让陆晚嫦松了口气。

距离“全明星啦啦队锦标赛”的日子越来越近，他们的广州行也被提上了日程。

初赛的前一天，他们搭上了开往广州的大巴。经过一整天的行程终于到达了广州市体育馆，从大巴上下来的时候，天已经擦黑，蒙蒙的天色就像是倒过来的深色海洋。

体育馆的大灯全部已经打开，时杳杳站在这座灯火通明的堡垒面前，心中的感动与此刻的鼎沸人声一起甚嚣尘上。

全明星啦啦队锦标赛——每一个啦啦队员的汗水都将在这里得到答案。

现场也有很多记者，逮住身边参赛者模样的人就开始采访，一个个问题就像连珠炮，令人难以招架。

此时的时杳杳，作为啦啦队队长，不幸被逮住了。

就连以前参加青武赛都没有经历过这样的局面，记者的咄咄逼人让时杳杳无所适从，她仓皇地向周围的队友发出求救的信号，但是他们都理智地向后退了一步装作没有接收到她的信号。

“真是太没用了！”陆晚婼白了她一眼，向身后瞥了一眼，喊道，“萧林疏。”

萧林疏刚从抽签处回来，陆晚婼向正被记者缠得一脑门细汗的时杳杳努努嘴，萧林疏立刻走过去。

场内的大屏幕上，一个女孩局促地回答着记者的问题，熊纪舒身边一个小女生模样的工作人员看着正在轮转的实况转播，感叹道：“今年的参赛者比去年多了好多啊！”

熊纪舒抬眼望了眼屏幕，女孩脸上的尴尬还有青涩映入眼帘，只一眼就收回视线继续低头在笔记本上记录。

“萧林疏。”

女孩的声音不大不小，正好传入熊纪舒的耳朵里。她正在疾行的笔尖一顿，抬头看向屏幕的时候，影像已经切换成了其他画面。她想着应该是同音的名字，并没有放在心上。

开幕式结束后就是全明星的预赛，用时杳杳的话来说就是夹在一堆人里面浑浑噩噩地挤来挤去，浑浑噩噩是大多数队员自打进入体育馆之后就持续的状态，每个参赛队伍加上备场，在台上至多也是四分钟，实在不算长。

他们的比赛场次排得很靠前，大家的情绪就像是过山车，振奋消退之后，排山倒海而来的就是喘不过气来的紧张。

禹桦青赛前动员的时候安慰大家："就像是平时训练，预赛只是一套筛选机制，以你们的实力只要保证不出错、动作流畅很容易就能拿到决赛入场券。所以，现在你们的对手只是你们自己！不要去想观众席上的观众，不要去看裁判，理智、克制、坚持！训练了这么久在这里被扫地出门很不值！你们是要站在颁奖台上的人！"

江旭完全没有 get 到教练这一番话的重点，反而有点受宠若惊："教练，没想到您对我们期望这么高！"

"对你的期望只要你能够记得'操场'就好。"禹桦青眼神都没有分给他一个。

江旭觉得自己很苦逼，但是在众人眼中江旭完全就是活该，因为在过去的两个月里，江旭在训练之余，不是被罚在操场上跑步就是在去操场的路上。

"还有一句话，保持笑容，"禹桦青看着露出苦笑的几个队员，又加了一句，"想一想你们围观江旭跑圈的时候……对，就是这种笑！保持住！”

躺着也中枪的江旭现在确定了这个世界上大概没有比他更苦逼的人了！

啦啦队比赛不算是热门的项目，所以前来参赛的选手水平参差不齐，有专业的体操手，当然也有在比赛规则下发各地前两周才开始训练的队伍，各种水平的都有，所以对于预赛，禹桦青并不担心。

事实也正如她所料，时杳杳他们上了场以后，进行得还算顺利，从预赛顺利晋级决赛。观众对这个队伍的默契还有动作的流畅表达了赞叹，讨论点都围绕着在队伍前的那个男生怎么能够笑得这么难看表示了怀疑。

所以在时杳杳他们下场后，禹桦青的第一句话就是：“江旭，决赛的时候你像萧林疏一样不要有任何表情。”

“我也觉得我面无表情的时候最酷！”

禹桦青毫不留情地戳破他不切实际的幻想：“你笑的话会给队伍拖后腿。”

迎接江旭的是队友无情的嘲笑。

正当大家一路笑着往休息室走，身后传来一个陌生的声音。

“等一下！”

时杳杳下意识停住脚步朝声音的方向望过去，一个年约四十的女人目不转睛地望着这边。

正当她疑惑时，那个女人已经走到他们面前，她张了张嘴正要说话，禹桦青的反应却比她更大。她一把拦住那个女人，像是一只护崽的母鸡："你拦着我的队员干什么？"

那个女人挑了下眉神情颇复杂："你的队员？"说完别有意味地看了一眼队伍里的某个人，哼笑一声转身离开。

队员们莫名其妙地看着那个女人，有人问："她是谁啊？"

"那个方向是裁判的休息室……"

"是裁判吗？裁判！"

……

时杳杳觉得那个女人有点眼熟，在脑海里搜寻了一圈，迷雾缭绕，无果。

她的余光瞥到离队的萧林疏，问："你去哪儿？"

"洗手间。"萧林疏没有停下脚步。

"洗手间在……"时杳杳的手指向另一个方向，肩膀上的力道打断了她的话。

禹桦青说："让他去吧。"

休息室走廊。

"你为什么会出现在这儿？"女人克制着压低的声音中还是有些歇斯底里。

萧林疏笑着望了她一眼："你是说为什么会出现在这个比赛场，还是说为什么会出现在禹教练的队里？"

“有什么区别吗？”她描得精致的眉眼因为控制不住的情绪有些狰狞，笑得讥诮，“真是没有想到，她的手已经废了居然还敢选择走这条路。”

时杳杳他们下榻的酒店里。

“就是她！刚才那个女人！”丁若莹挥舞着手机喊，“是熊纪舒！”

休息室里有一瞬间的安静，时杳杳脸上的震惊很明显，但是很多人完全不知道熊纪舒是谁。

花了几秒消化这个名字后，时杳杳有一种醍醐灌顶的清醒之感，就像一阵清风把脑海里那层迷雾吹开。

熊纪舒，中国啦啦队的一道里程碑，是所有啦啦队员心中的一个标杆性的人物，是国内啦啦队低迷时期杀出来的一匹黑马，她带领队伍在一片不看好的呼声中在全国啦啦队大赛上揽获奖项无数。

时杳杳像一阵风一样从休息室里跑了出去，这个名字、这张脸，她见过也听过。虽然岁月在她的脸上留下了痕迹，但是五官里的尖利并没有改变。

不论是在刚加入啦啦队时曾在校史陈列馆里见到过熊纪舒的照片，还是在医务室病房外不经意听到徐老师和禹教练的谈话，她都记忆犹新。

萧林疏说过他是为了让一个人能够看见他的存在才参加的啦

啦队，那么那个人，是熊纪舒？为什么？

萧林疏回到酒店的时候，一眼就看见了正坐在大堂沙发上的时杳杳。

他走过去：“在等我？”

时杳杳霍地站起来：“你上回说的那个人，你要追逐的那个人？就是熊纪舒是不是？”

萧林疏身上有太多的谜团，而熊纪舒，时杳杳除了知道她在职业啦啦队这条路上获得的可观的成就，还知道是熊纪舒在一次训练中用不光彩手段害得禹教练的手臂骨折，将禹教练挤下了技巧啦啦队的竞技台。

3

萧林疏失笑，时杳杳实在是一点也不会掩饰自己的意图，就像是风，凌厉的时候如此迅猛。

“她是我妈妈……”

时杳杳有些反应不过来，她怎么也想不到萧林疏与熊纪舒会是这样的关系。因为熊纪舒这个人，就连她的名字都离他们那么遥远，熊纪舒怎么会是萧林疏的妈妈呢？

萧林疏看她一脸震惊的模样，指了指身后的沙发，示意时杳杳坐下来，看来是一个很长的故事。

“她大学毕业就跑去了美国，但是被她的妈妈也就是我外婆骗了回来，给她安排了一门亲事。男方是她的青梅竹马，从小就心仪她，他们郎才女貌所有人都觉得这是一段好姻缘，婚后没有多久她就怀孕了，但是她的心中只有她的啦啦队赛场。在生下孩子一个月后的某天，她趁男人照顾孩子的时候夺门而出，不管不顾地去了美国，换了电话号码、换了住址，音讯全无……”

他说得坦然，好像在讲述一个道听途说的故事。故事里的每一个人分明都与他息息相关，偏偏他就用了这样云淡风轻冷漠而疏离的语气，好像这样就可以把自己从那段不堪回首的往事里剥离出来。

“后来再看到她的消息，就是在国内报纸的头版头条上，中国啦啦队史上横空出世的天才，当之无愧的啦啦队女王。她成功了，一夜之间声名大噪，铺天盖地的褒扬，还有媒体争相为她加戴冠冕，非常热闹……”

萧林疏想过他见到熊纪舒的时候，应该是什么样的心情，应该与她说什么，就像是一个将要赴一场陌生约会的笨拙恋人一样悉心经营自己的形象。

可讽刺的是，那个人是他的妈妈。

那些假想，即便是排演再多次，构想多少次情节，都与现实的情景偏离了十万八千里。

在安全通道里仓皇见面的一瞬，他终于问出口，就像在过去无数个白天夜晚他在心底反复质问自己一样。

他问她，十七年来，为什么她从来不回国看看他和爸爸？

他没有计较她的离开，没有责怪她的抛弃，他只是想知道自己这个儿子在她心里究竟是什么样的位置，可以让她十几年来不闻不问。

她是怎么回答的呢？她说："这段感情本来就是错误的，是你外婆逼我结婚，我有我的事业我的梦想，我想要达到的巅峰，怎么能被白白耽误？你也看到了，我现在所取得的成就是很多人爬一辈子都没有办法达到的，这些都证明我当初没有选择错！成功本来就是这样，你想要得到什么就要把那些无用的阻碍你的东西摒弃掉……"

萧林疏听不下去了，他没有说报纸上那些夸张的溢美之词，父亲对着看了很久；也没有提起他在书房里闹腾时，偶然间在一个隐秘的抽屉里找到的那份署名熊纪舒的离婚协议书；没有提起年轻的父亲在她离开后的消沉与疯狂。

所以，他和父亲都是被抛弃掉的无用的东西。

萧林疏一直不明白熊纪舒为什么一直待在美国不愿意回来，幼年时候他怨恨过父亲为什么没有把母亲留住；他也自疑过，如果他足够优秀，母亲会因为他的成功而承认他这个儿子。在这一点上，他其实和时杳杳有些像，所以在研武馆第一次看见时杳杳的时候，他好像看见了另一个自己。

后来，他的功课很优秀，学校老师都赞不绝口，他也通过外婆的手机和国外的母亲联系上，但是每次得到的都是例行公事式的敷衍。母亲从来没有真正地看到过他……

“所以，我才会参加啦啦队……”他笑得有些讽刺，他做的那些，到底还是无用的。

直到现在他终于可以相信，能够割开人与人之间关联的，从来就不是空间。

时杳杳心里堵得慌，要说些什么？

萧林疏此刻的样子刺痛了她，那样落拓的表情不应该出现在他的脸上。

“证明给她看吧！”

萧林疏抬眼望着她。

时杳杳握拳，眼眸清亮：“我们要拿第一名！我们要站在颁奖台上！要让她知道当初放弃的是一个那么优秀的人！”

她信誓旦旦握拳的样子逗笑了萧林疏，明明不会安慰人还别扭着一张脸安慰他。

那是一种什么样的感觉？

好似枯木终于迎来春天，好像久旱后的干裂土地拥抱细雨，或者是柳暗花明又一村……这些都不足以形容现在他的心情。

他心里那块酸涩的土地里干瘪的种子，好像是受到了雨露的浸润，悄悄地、悄悄地向上抽出枝丫，之后的每一天都应该是蕴含勃勃生机……

大概是迎着光的她的眸里碎星太璀璨，他脑海中自动浮现出很久之前张衍揉她短发的样子……

时杳杳看他忽然望着自己的头发，有些羞涩地伸手拢住，她的头发一直没有剪已经有些长，用一根皮筋扎在脑后，长度刚刚到肩膀。

“我留长发……不好看？”她有些忐忑。

他忍不住伸出手揉了揉她的发顶，眼睛里都透出笑意：“很好看，以后就留长发吧。”

时杳杳点头，也跟着他笑得眉眼弯弯。

吃过晚饭，队员们都聚在一起。

“后天就要比赛了，想想就好‘鸡冻’啊！”江旭双手捂胸，露出一副娇羞的样子。

“像个正常人一样说话。”周蕙冷声道。

“好紧张啊，后天咱们能赢吗？”

“当然！我们每天的训练排得比喵喵的运动内衣还紧！”张衍坏笑着道。

“那是因为缩水了！”喵喵脸都红了。

“好了好了！”时杳杳打断众人的笑闹，站起身来。

“我们经过这么一年的相处，也是彼此依靠的队友，几乎每天我除了在镜子里看见自己，见得最多的就是你们了。今天就敞开心扉一次。”她正了正脸色，用一种极认真的口吻说，“能遇见你们，我觉得很幸运。我以前习惯了单打独斗，就真的以为一个人也很好，但人是群体动物啊，这是我第一次参与到一个团队，也是第一次真正体会到一群人相互扶持向同一个目标前进的酸甜苦辣，真的是什么都无法比拟的。我很满足，遇见你们我才真的算是走进了人群……”

房间里只有她说话的声音。

似乎是受到鼓舞，丁若莹也跟着站了起来：“我其实一直都很怕，很害怕自己不够优秀，很怕朋友觉得我寒酸，害怕在团队里拖了后腿……所以我只能加倍努力，这个社会很现实，我已经落后了很大一批人，我奋力向前走，直到能够赶上像陆晚嫦一样的人。”说到最后，她还不忘损陆晚嫦一把。

其实她已经释然，相处了这么久，她对陆晚嫦藏在冷硬外表背后的侠骨柔情已经十分了解。而从前那些嫌隙，根本不算什么，都是半知半就的年纪，也没有什么深仇大恨，摒除玻璃心上的那点白雾之后，她发现其实陆晚嫦口是心非的样子就像是一只明明想要求关注，却装作冷酷的猫。

没什么可自艾自怨的，出生的家庭不能选择，但是生活的方向，总是自己走出来的。我们会羡慕那些不费吹灰之力就能获得更多的人，但终究还是要谨记自己的位置，脚踩在地上心才能妥帖。

“你羡慕我什么？”陆晚嫦笑了，笑得格外讽刺，“是羡慕我有一个对我不闻不问、凡事都用金钱评定是否值得、把我当作商品一样待价而沽的父亲，还是羡慕我家里有个随时想要将我扫地出门，好取而代之等我父亲百年之后好继承他全部身家的后母？”

她说得认真：“我以为我什么都想争第一，但是其实我只是想用这个来证明自己的价值。”

彦使楚听她说得毫不留情，但他知道她掩藏在刻薄言语后伤痕累累的内心，其实她要的真不多，一个安稳的家可以供她休憩就够了。但是她却一直在漂泊，她用拒绝去掩盖失去的失落，她就是那种害怕失去于是就先说不要的人。

说到底，陆晚嫦何尝不羡慕丁若莹，有一个那么善良时时刻刻为她着想的妈妈。

“直到和你们在一起，我才真正看到了我自己。”彦使楚轻声说。直到遇见你们，我才能够做一个健全的有人格的人。

“你们都说了，我也来说说我吧。”张衍一如往常地咧开嘴，笑得没心没肺，“我不是我爸妈的亲生孩子，其实我知道，但是他们一直对我很好，即使我从小到大都不争气。”

他的话就像是晴天霹雳，时杳杳都被他惊呆了。

“他们搬来广州那一年我弟弟出生了，我说不愿意跟他们来广州是因为舍不得师妹，但是我也确实舍不得师妹。”张衍笑嘻嘻地冲时杳杳示好。时杳杳一副“你别说了我都知道”的嫌弃样子，反而是萧林疏的眼神就像是山涧泉水，幽深沁凉。

“别看我一副什么都不怕的样子，其实我也有害怕的，我怕失去这个家，怕有一天我在这个家却像是个局外人……”

大家都没有说话，每个人都有自己不想失去的东西，那些就是桎梏，是自己画地为牢的圈，别人进不来，自己不愿意出去。

“相比起来，我觉得我算好的。”萧林疏失笑，低声道。

“你们怎么都这副表情！”张衍抬起头才发现他们异样的神色，特别是丁若莹一脸要哭了的样子，他岔开话题，“昨天他们告诉我，他们会来赛场看我比赛，我现在觉得充满动力！我们一定要加油！”

“说得没错！我也告诉我爸妈了！他们都说让我好好比赛，拿个第一回家光宗耀祖！”

“我妈也说她会在电视机前看直播！”

“话说我们会上电视吧？”

“这种全国级别的赛事，肯定会上啊！”

……

话题不知不觉地歪了楼，时杳杳看着大家一瞬间斗志满满，打从心底里开心起来。

就像禹教练说的——人要有信念，生活才有乐趣。

入夜，回到房间后的众人都失眠了。

今天晚上的交心，好像是揭开了彼此之间一直笼罩的薄纱，也像是卸下脸上一直戴着的面具。

每个人都向着彼此迈进了一步，他们在那一刻开始真正信任对方。

已经没有办法用语言来形容时杳杳此刻的心情，她觉得心上某一个地方忽然柔软了，又好像内里变得更加坚固了，它仓皇地鼓动着，新鲜的血液在血管里跃跃欲试。

她想，也许人生之中总有角落被黑暗笼罩，但是在黑暗之中终究会有一束光芒，它有着太阳璀璨的温暖，有着星辰固执的烁彩，有着翻山越岭而来的风席卷得一身清冽芳草香。

就像海上灯塔一般沉默而坚固的守望。

它鞭策你、鼓动你、呼唤你、指引你……

让你拥有为之澎湃跃动的源源不断的力量，枯瘦的手都能够笔挺得如同一棵刚强的白杨。

直到你用冰凉的胸膛装着一颗滚烫的心，将你的全身烘得就像是盛夏时分干燥的青草一样散发着泥土的芳香，它像是一艘船，载着你泅渡到属于自己的湾港。

而那段光与暗交界处晦暗不明的那条路，叫作成长。

4

“各位观众朋友，欢迎来到‘17届全明星啦啦队锦标赛’冠军赛的直播现场，经过激烈预赛角逐选出的队伍，将在今天比赛中争夺全国冠军，成为全国第一的啦啦队……”

广播里解说员的播报慷慨激昂，前来观看的观众热情的欢呼声充斥着整个体育馆。

休息室里，时杳杳他们正在候场，他们抽中的上场号码是“5”，时杳杳有些庆幸，在她看来，上场顺序越靠后，队员们反而会越煎熬，在看到别的队伍表演不管好不好都会产生一种对自我的怀疑，这无疑很消减士气，倒不如早早上场，把自己所要呈现的尽情地演绎完。她相信，他们的训练绝对值得这场比赛的冠军！

“大家要有信心，我们排练了几百次了！放轻松，忘记观众席上的观众，忘记有人在给你们打分，就像我们在音乐广场，我们要做的就是全力以赴，我们只是向大家展示我们一年训练的成果！”时杳杳站在所有人中间，休息室外的各种声音混杂在一起让她不得不扯着嗓子大声说话，也正因为这样，她觉得浑身热血沸腾。

“不要越过界线，手脚要稳，注意配合，记得微笑！不要因为这些小事而被扣分！”她说着先笑开来。

“大家表现出最佳状态，不允许出错，机会只此一次！我们可以的！”

“我们可以的！”

队员们跟着她号了一嗓子。

一个工作人员模样的人敲开休息室的门：“你们准备一下，下一个就轮到你们上场了。”

“好了，不要想太多！成败在此一举！”

“大家把手伸过来！”

时杳杳伸出手，萧林疏将手叠在她的手背上，然后更多的手掌一张一张覆盖上来。

“和衷共济！上下同欲者胜！”

“一、二、三，加油！”

“加油！”

“Fighting！”

……

“现在上场的是秋澜市白鹿洞中学的队伍，相信看过预赛的朋友们都知道，这支队伍无疑是此次比赛的黑马……”

伴随着解说，体育馆里就像是沸腾了一样，在铺天盖地的欢呼还有加油声中，队员们一边挥手打招呼，一边蹦蹦跳跳跑向了自己的站位。

“准备好！”金属质感的音乐响起，“Let’s go！”

他们的表演主要分为两个部分，舞台前半部分的队员们进行翻腾和舞操，后面的队员们主要是托举、抛接和金字塔。

禹桦青站在一侧，满意地看着他们的开场舞操，是一段“镜子舞”，男女一组面对面搭配，就像是在照镜子一样的动作复刻，男生复制女生的柔美，还有女生 copy 男生的硬朗，都有一种别样的反差萌……

中间是两个男生的翻腾作为分割帘幕，后端的分主体则在观众的注意力都被前面队员的表演分散的时候，搭建底座。开场的抛接动作不需要太复杂，两组托举配合前方舞操的手位动作，中间一组抛接的亮点则是在，尖子在腾空后会在空中凌空一字马搭配加油的手位动作。

他们真的在不知不觉中成长了许多，从最开始连音乐鼓点节拍都踩不准，到现在全员整体一致，训练的时候几乎所有的队员都轮流喊节拍把嗓子喊哑过……

还有现在这段舞操，三角队形前头的五个人是需要跪在地上向外翻滚劈叉，就像是烟花的火焰向外辐射，为了练习这个动作，半个月下来这五个女孩的膝盖上全是血痂。

……

但是好在，所有的努力，都不会被辜负。

这一天终于到了。

禹桦青环视热血沸腾的观众席。

此刻场馆内响起《宝莱坞生死恋》里的一段音乐，带着特有的印度风情的唱腔，禹桦青不得不感叹张衍那个做音乐的朋友真的是天才，将摇滚和异域民谣衔接得这么天衣无缝。

场上现在上演的是男生将女生举起，围绕周身的旋转动作，结束动作时，女生从男生手臂上翻下去着地，这段舞伴特技使得观众席上欢呼的浪潮又汹涌了起来。

禹桦青将目光投向裁判席，除了熊纪舒一脸阴郁，其他的裁判皆是一脸惊奇。

她心中竞技的热血再一次沸腾起来：熊纪舒，即使我再也没有办法拥抱竞技啦啦队的赛场，但是他们，每一个都是由我向你发起的挑战！

尾声

时杳杳，路很长很远，
我想你陪我走下去。 ▼

随着最后一道散考铃声响起，高中生活终于算是完整谢幕。

时杳杳走出教学楼好远手机才有信号，手机上是十几个队友的未接来电，还没等她拨回去，丁若莹的电话又打了过来，她连忙接起。

“我已经考完了，感觉很棒……你呢？你怎么样……你也很好啊？太好了……去训练室集合是吗……你们到了以后稍微等等我，城南离白鹿洞实在是太远了……嗯嗯！好。”

时杳杳满脸堆着笑收线，她转过身望了望身后的考场，我的高中生活，今天终于算是完美地画上了句号！

她转过身，大跨步向校门外走去。没有了树隙的遮蔽，阳光一大片一大片地爬上她的脸庞，在温暖的触感里，她好像听到有什么在她的耳边轻声咕哝着说再见。

匆忙回到白鹿洞已经是一个小时之后。

白鹿洞是私立学校，所以高考并没有在这里设立考场，但是高三的考生还是不约而同地陆续回到了学校。

这所学校酝酿了他们三年的喜怒哀乐，终于，在今天要与他们盛大告别。这座庞大而沉默的建筑，就连拂过墙角的风里都带着哀鸣。

时杳杳走在那条通往体育馆的林荫小道上，不远处的树下有个身影倚靠着树干松松垮垮地站着，喳喳鸟鸣还有绿色植物清冽的香气萦绕在他的周身。

“萧林疏！”时杳杳挥舞着手臂向他跑过去。

他站直身体，女孩冲到他的面前堪堪刹住脚步，他看她一个劲将头发往耳后拢的动作哑然失笑。

“考得好吗？”

“好极了！这是我这几个月状态最好的一次！你相信我，我一定可以去 B 市！和你在同一所学校！”她的脸因为兴奋还有刚才的小跑而有些泛红。

“那就好，不要辜负我……”萧林疏诡异地停住。

时杳杳不可控制地想歪了，斜着眼睛瞪了他一眼，他才慢悠悠地继续说："半年里对你的鞭策。"

在啦啦队锦标赛结束后，荣获青少年组第一的他们面对铺天盖地的赞誉声险些膨胀上天，还好是萧林疏及时拉住了她。

此外，啦啦队的训练到此结束，也让队员们分外不习惯，但是好在他们马上进行了另一种运动——学习。

他们照样是图书馆的常客，组团学习的精神也令老师和校长称赞。

特别是在看到队员们在一次次的模拟考中考出越来越高的分数，据说校长在校长办公室笑得合不拢嘴。

而时杳杳更是许下了豪言壮志，她对萧林疏说："从今天开始，你就是我的目标，我要一天天追上你的脚步！"

时杳杳就是这么固执的一个人，认准了就去做，不达目的誓不罢休。

有时候恰恰是这种简单的人比较直接，他们的坚持就像是电脑里输入的程序，严谨规律地去执行。

好在她的底子本来就不差，再加上萧林疏这个变态"老师"的监督，模拟考的成绩理所当然也越渐喜人。

当她在考场里面对那张试卷的那时候，她知道自己的努力还有萧林疏的坚持都没有被辜负。

说话间，已经到了训练室门口。

“你们终于到了！”丁若莹一看到他们就大声抱怨。

时杳杳停下了与萧林疏的对话，对丁若莹说：“我们比较远啊！”

“是是是，你们一个城南一个城西，难为你们还能碰在一起！”丁若莹不客气地吐槽。

队员们心照不宣地哄笑起来。

时杳杳的脸咻地通红。

丁若莹的眼神不停地在萧林疏和时杳杳之间徘徊，脸上还带着些坏笑，时杳杳紧张地拉着她，小声说“别看了别看了”。

丁若莹在心里翻了个白眼，难道你到现在还觉得萧林疏看不出来吗？全队都看出来了好吧！她抬眼看着萧林疏望着紧张得要死的时杳杳，脸上带着的宠溺笑容，想起刚刚自己取笑时杳杳时，萧林疏投射给自己的死神的凝视，她觉得头皮发麻。

“听说，校长点名让啦啦队在毕业晚会表演致辞呢！”周娴笑嘻嘻地凑过来。

“真的吗？”队员们眼睛忽地就亮了，“没想到我们还可以一起训练哪！”

“当然是真的！所以，我们现在要开始准备了！”

“太好了！我还以为我要开始一个人吃饭了，还好还能一起！”周娴这话一出，队友们纷纷脱线地望着她，她后知后觉地摸着头问，“难道我说得不对吗？”

周蕙笑得温和："乖，别说话。"

队员们哄笑起来。

时杳杳看话题好不容易被岔开放心地舒了口气，小心翼翼地抬眼看了看萧林疏，心里暗暗决定毕业晚会的时候自己一定要对他表白。

"笨蛋。"陆晚嫦在她身边骂出声。

时杳杳斜她一眼："你说什么，我听不懂！"

"你眼珠子都恨不得贴在人家身上，你会不懂？"

"我好歹还有人可贴，我愿意，你有本事也贴一个啊！"对于陆晚嫦，时杳杳总结出来一个结论就是，面对陆晚嫦这种人她不客气，你就要比她更不客气才能制得住她！攻她软肋！让她无力反击！

"你！"陆晚嫦果然被她噎了一下，正要还嘴，彦使楚走了过来："杳杳，萧林疏要你过去，跟你商量一下毕业晚会上的动作……"

时杳杳坏笑着视线在他们之间不停来回，末了老神在在地叮嘱陆晚嫦："加油！"

彦使楚摸不着头脑地看着时杳杳离开，陆晚嫦脸都黑了，丢下一句"人家都走远了你还看"，就走开了。

"她这是怎么了？"他一脸无措地问一直在边上的月亮。

月亮抱胸摇摇头："女人心，海底针，兄弟，保重！"

彦使楚更是一头雾水。

时杳杳看着身后的队友们，大家都笑闹成一团嚷着要拍照，她也跟着会心一笑。

一年半以前，她怎么也不会想到她还能够体会到朋友三五成群的热闹非凡。

这一年半的时间里，他们之间，矛盾、争执、冲突……都有过。

但是他们谁都没有想过放弃。

是他们让她懂得了包容，懂得了团结，懂得了什么叫梦想……也是他们和她一起谱写了一支青春的华丽序曲……

而现在他们即将要分别……

萧林疏不知道什么时候站在了她的身后。

“我好像有点舍不得。”时杳杳的喃喃声里有些哽咽。

“总是要说再见的。”他轻轻一笑，宠溺地摸了摸她的头，“我们应该要感谢生命中那些让你成长的人，而感谢他们最好的方式，就是把他们一直牢记在心里。”

“那你呢？我该怎么感谢你？”她抬起头，目光潋滟。

萧林疏愣了一下，想起时杳杳在许诺一定要追上自己时，也是瞪着澄澈的眼睛望着自己。

她说：“路很长很远，从今往后，追上你就是我的目标。”

他忽然靠近她，没有一点征兆地弯腰。

时杳杳看到他的脸在自己眼前越放越大，就连脸上细小的绒毛都能看得一清二楚，紧接着嘴角传来冰凉柔软的触感。

她的大脑“轰”地就当机了，直到看到萧林疏退开，她才恍然大悟地摸了摸嘴角。

他亲了自己！

“我……你……”她结结巴巴说不出话来。

“就这么谢吧。”萧林疏笑着说。

时杳杳还没有反应。

“我很满意。”他憋在笑接着道。

时杳杳还是没有反应。

“时杳杳，路很长很远，我想你陪我走下去。”

时杳杳的大脑这个时候才接收到信号，脸涨得通红，心脏也跳得狂野。

“杳杳！过来拍照啦！”丁若莹远远地喊。

时杳杳的脑海现在正被“他亲了我！他是在向我告白吗？他想干吗？我该说点什么？我要不要表示点什么？你快说点什么啊”这样的字符占据，就像是弹幕在屏幕上反复轮播，根本接收不到外界的信号。

丁若莹看她站在原地愣愣的，又喊了一遍：“杳杳！”

“我们来了。”萧林疏无奈地回道。

他转头，无奈地揉了一把还在神游的人的头发，牵住她搭在身侧的手，向他们走去。

就这样吧。他想，就这样在我一伸手就能触碰到的地方，在我一转身就能看见的地方，那双眼睛就这么长长久久地看着我，所有的斗志都为我燃烧，和我站在一样的高度，陪我一起走下去。

路很长很远，一个人很孤独，我一直在这里等你。

好在……

没有让我等太久。

萧林疏翘起嘴角，没有留意到身后的女孩微弯的嘴角。

时杳杳的大脑在一片空白之后，终于像是潮涨潮退一样迅速恢复清明，她清楚地看见他干净的手包裹着自己的手，感受到他手心的温暖濡湿，心里好像有一个气球正在慢慢胀大，满满当当地充斥着整个心房。

她坚定地回握，握紧。

萧林疏感受到手上传来的力度，他想起在图书馆看到的一句诗词。

她就像诗里说的风，顺应周遭的变化，春时含露，夏时裹雨，秋时带着植物的清香，冬时染枝上寒梅。

好像什么都无法阻止它向前。

它吹过山丘，漂过海洋，它掠过飞鸟的颈羽，拂过潜鲸光滑的皮肤……

四季万物都不及她温柔的陪伴，她的眼睛注视着你，你就义无反顾地奔向她。

悄无声息又无处不在，在你不知不觉的时候潜伏在你身边，小心翼翼地注视着你，温柔、温暖、倔强……都是她。

有林时杳杳，无树暂萧萧。

—END—

番外一

所以我即便是痛死，
也只会在深夜里。▼

彦使楚从后台出来的时候，上一个节目已经谢幕，表演者从演员通道鱼贯而出，他小心地贴着墙壁给他们让开路。

“没想到陆晚嫦还会芭蕾哦……”

“这有什么好奇怪的，有钱人家的孩子应该从小就开始学习一些高大上的才艺吧！什么芭蕾啊、钢琴啊、大提琴啊……”

两个工作人员模样的学生手里拿着节目名单小声讨论着从彦使楚身边路过，彦使楚哑然失笑地朝前走去，想起入学时陆晚嫦的水袖舞，记忆里她的裙裾就像花期里盛放的蝴蝶兰，婷婷袅袅、翩翩而至。

“旁观者眼睛只看得到他们想看到的光鲜亮丽，根本不会深究身在其中的你的苦楚，所以我即便是痛死，也只会在深夜里。”陆晚媂曾经这么说过。

从舞台后台出来的时候，彦使楚环视礼堂里沉默的众人，人这一生在已经过去和即将到来的岁月里，还需要经历多少大大小小的典礼、宴会、晚会。在这个 LED 屏幕上显示着“毕业”两个字样的礼堂里，他们现在有一个统一的名称——毕业生。这一瞬，他真切地感受到离别的氛围，不论你怎么去逃避，去视若无睹，它真的就距离你那么近。

他环顾四周，寻找刚才在后台的时候那不经意一瞥望见的身影，也不知道是不是看错了。

在扬声器里标准的主播腔响起的时候，他在观众席右侧找到了那个只有过一面之缘的男人，还是一身黑色西装。黑暗将他挺拔的身影很好地隐匿，舞台中央的镁光灯辐散出来的微光映在他晦暗不明的脸上，令眼角的细纹更加明显。

那里是最好的拍摄角度，彦使楚抬步走过去，那个男人视若无睹地继续盯着舞台。

“接下来是高三理一班陆晚媂为大家献上芭蕾舞剧——《天鹅之死》。”

随着主持人的话音落下，台上一瞬间陷入黑暗，在掌声擂动里彦使楚留意到身侧的男人身躯明显一震。

直到熟悉的大提琴音像是山涧清泉潺潺流淌而出时，陆远山还是有些不敢置信，然而更可悲的是，如果陆岐安不告诉自己，他甚至不知道陆晚嫦今晚有表演。

他想他猜得到原因……

《天鹅之死》是芭蕾舞中的经典作品，以美丽的舞姿表现出天鹅如何安静地接受必须来临的死亡。陆飘首次登台在俄罗斯大剧院里演出的剧目，就是那一次这个在芭蕾上得天独厚的女人，将天鹅临死前做出激烈挣扎演绎得堪称完美，使得她在俄罗斯和欧洲大受好评，也令他的剧团在国内一时声名大噪。

那之后，报纸上采访陆飘的专版专栏穷尽华美辞藻。

那真实的陆飘是个什么样的女人？

陆远山也问过自己，他的脑海里几乎是一瞬间浮现出类似胆小的、弱不禁风……这样的词语，会有这样的印象都源于在孤儿院里对于陆飘的第一印象——她躲在孤儿院的墙角怯生生地探头出来小心翼翼地张望的样子，被他抓到视线她立马像是受惊的小兽一颤，咻地缩回墙角。比起在台上大方致谢的陆岐安，实在是让人不敢相信他们是两兄妹……

那时候的陆远山根本没有想过，将来与他纠缠一生的，是这样一个脆弱不堪的人。

而《天鹅之死》作为陆晚嫦的母亲、他的妻子的成名作，陆飘也实在是像极了她演绎的那只美丽而动人的生物。

他也一直认为是自己的慧眼令她拥有了无上荣耀，让渺小得就像是尘埃的她站在了一个所有人都只能仰视的巅峰，说白了他只是试图用这个借口忘却是自己卑劣地利用了她的感情。

“你根本不知道妈妈想要什么！”陆晚嫦声嘶力竭的话犹在耳边，那时的不以为意，现在，刺耳无比……

真的不知道吗?

那双缱绻情谊的眼睛太过专注，自己转过头后她的落寞也实在明显，还有那无数个披星戴月深夜归来的夜晚她沉沉睡在沙发上，熬得青黑的眼眶……第二天却用厚厚的面妆全部掩盖，上了台也依旧是高贵骄矜的天鹅。

说到底，其实是她助他功成名就，许他仕业坦途。

也将她自己送进了一生惨淡无光的深渊……

大约是伴奏里大提琴的曲调太过哀伤，陆远山的眼角沁出的滚烫液体灼得他眼睛生疼，那种疼痛蔓延到心脏，让他看台上的人影都是在朦胧里闪烁不定，似乎离得他很近，又好像很远……

远到穿过了岁月，让他看不真切……

舞台上的陆晚嫦就像是没了生息静静伏在地面，他知道这一切都是表演，心里却像是扎进一根细软的针，灯光渐渐暗淡的时候他背过身去。

他想，或许人真的本来就有好几副面孔，而人生就是反复在夜里摘下面具躲在黑暗中无声宣泄，第二天又收拾情绪沉默戴回面具的过程。那些最忱挚的感情、不被在意的或者视若无睹的重要不重要的情绪都被深深地掩盖其下，面上笑得完美无缺，底下却淌着泪和着潺潺的血。

“陆先生……”

彦使楚叫住他。

陆远山收敛了一下情绪，转过身望着这个有点熟悉的陌生人。

“你是？”

“我是陆晚嫦的同学，也是陆麒的家教老师。”他谦逊地低了低头，“陆晚嫦等下还有啦啦队的节目……”

陆远山一愣，眼神一闪明白了他的意思，笑得有礼又强势：“年轻人，你要知道有才华但是没饭吃照样会死，那些明知道无用的无论你怎么坚持也还是浪费时间。”

“可能我年纪还小，不明白您说的那一套大道理，但是我知道当得到的不是想要的，不论如何都不会快乐，而时间是最经不住蹉跎的东西。”

陆远山闻言眉头紧锁，彦使楚望了眼台上：“陆先生，下一个节目就是啦啦队的表演，能不能麻烦您暂时保管一下这个。”

他笑着扬起手中的摄影机。

陆远山认出这是自己在陆晚婻十岁时候送给她的，里面有陆飘所有演出的影像，他的本意是想要挖掘陆晚婻的芭蕾天赋，在一段时间里他这个决定是很成功的。

陆远山没有说话，伸出了手，接下了摄影机。

等到啦啦队的表演结束，台下掌声擂动，彦使楚目光看向舞台左边的走廊，却怎么也看不到那道身影。

散场后，摄影机是陆晚婻拿回来的，由陆校长转交。

“你爸爸来过。”

“嗯，舅舅告诉我了。”

陆晚婻看他欲言又止的样子：“其实你不用费这些心，他是我的爸爸，这是事实，就像他对不起我妈妈一样，他欠妈妈的不需要补偿在我身上，他欠我那些我已经不介意了……

“但是他们欠舅舅的，我想替他们还。舅舅是我的亲人，也是他无微不至地照顾我，陆远山还有陆麒，而舅舅除了我，这世间就没有亲人了，我不想他将来孤身一人在这个世上……”

彦使楚知道，那些长久的漠视、冷硬是会让流着相同血的两个原本亲密无间的人背道而驰，那些过往的伤痛是隔阂着人与人之间感情最坚硬的壁垒。

他听她说着不介意，但就算是他自己，在想起施暴的父亲的时候，还是会有一些零碎的憧憬。

在全明星赛开始的一周前，父亲其实回过一次秋澜，他回家的时候就是那么巧地撞见了父亲在家里翻找。在衣柜里找到存折的时候，他形销骨立的脸上有一种瘾君子得到毒品时候的痴迷……而一向懦弱的母亲却像是疯了，一边喊着“不行不行”冲上去推开他，一边从倒地的父亲手里一把夺回了存折，说：“这是要给使楚上学的，不行不行……”

彦使楚慌忙将父亲送去了诊所，医生却说只是营养不良，打了葡萄糖就要他把人领回去。

营养不良？彦使楚很想笑，他一直认为两年前携款离家的父亲应该过得很好，至少比他和母亲过得好。

但是没想到，他以为再也见不到的父亲，再次回来的时候会是面黄肌瘦到被母亲一推就倒地不省人事。

他端着母亲熬的汤进到父亲屋里的时候，父亲还没有醒，胡子拉碴、脏兮兮的。

他忽然想起小时候，那时候父亲还没有因为失业而酗酒暴躁得像个疯子，下班后将玩得浑身像个泥猴的他拎到面前，扬手作势要打他的头，吓得他闭眼后却只感觉到父亲爱怜地用手揩去他脸上的污垢：“傻小子，记住，人在这个世界上走一遭，要活得堂堂正正、清清白白，有头有脸，这脸上是最不能有脏污的！”

彦使楚从回忆里醒来，回厨房打了一盆热水，用毛巾给父亲擦脸的时候，他觉得很讽刺。

在他去广州比赛的前一天，原本还在为自己走了母亲该怎么办而苦恼的彦使楚发现父亲走了。

家里什么也没有少。

那一刻，他的心里是轻松的，也是难过的，莫名地难过。

他粗浅地意识到，这次父亲可能真的走了。

那些说着不介意的事情真的就能够随风消散吗？彦使楚不知道。

“你发什么呆？”陆晚嫦不满地推他，“你听到我说话没有？”

彦使楚陡然清醒。

陆晚嫦看见他眼中的茫然，破天荒耐心地复述一遍：“填报志愿的时候我想去北京。”

他望着她。

距离很近，彦使楚细细地看着她的表情，直到她以为他又开始发呆而恼火：“你到底听到没有！”

“我听到了。”他连忙笑了笑安抚她，弯弯的嘴角无限温柔，直接让她没了脾气。

“那你怎么想的？”好像听到冰雪消融的声音，陆晚嫦忽然有些泄气。

“都听你的。”

其实只要对这个女孩多一点耐心，就会发现她其实很好懂，有些倔，有些别扭，但也是那么真诚……

在某些时候和自己十分相像，像他们这样的人在卸下防备之后，往往更加单纯而直接，喜欢一个人的表达方式更是简单粗暴，那就是不遗余力地对一个人好。

或许这就是过往岁月磨砺下没有安全感的人惯有的样子。

他回头望了眼正在互相击掌庆祝的朋友们。

生活，只要是遇见了对的人，总是会越来越好的，不是吗?

番外二

总会有那么一些人，
是黑暗里迟来的阳光。 ▼

研武堂里，几个身材壮硕的大男人在休息室里挤作一团，手里抓着遥控器吵吵嚷嚷。

“哎呀，你们别急啊！衍师弟都说了这种全国比赛，电视上都会放的啦！”

“你不急，你手别哆嗦！调个台都按不住键，你丢人不？”

“嘿，酒师弟你这话我不爱听！谁按不住！我抖那是因为打桩打多了！”

“得得得，打桩打多了，你咋不说你前天被师父罚了今天还没好全！”

“也可能是因为这个……”抓着遥控器的汉子脸一红，却应了。

“你俩别吵了！我来！”在他们身后急得抓耳挠腮的男人一把抢过遥控器，“等你们找到，师妹都比完了！”

“别吵吵，等会儿师父来了都没得看！”他身边略瘦小的男人一句话令所有人噤声。

“……全明星啦啦队锦标赛现场，接下来上场的是来自……”

在终于成功看到电视机里主持人一丝不苟地抓着话筒转播时，电视机前的几个大男人顿时欢呼。

“嘘嘘嘘！”抓着遥控器的男人把遥控器竖在嘴边，“声音小点声音小点，别把师父招过来了！”

他的话音刚落下，休息室外一声令人心悸的呵斥响起：“你们不训练在干什么？”

休息室里几个人浑身僵硬。

“不训练也不看馆，全部躲在休息室看电视！像什么话！”时父凌厉地呵斥。

几个蹲着马步的师兄弟面前走来走去：“师父……今天师妹比赛，我们就想看一小会儿，真的就一小会儿……”

他的声音在时父的注视下越来越低。

时父怒气冲冲地从一边桌上抓过几个青瓷海碗，一声令下：“冲拳！”

一令一动，伴随着“嗬”的一声，他们整齐地将拳头打向前方，时父拿了个海碗放在离得最近的拳头上，一个个挨个儿放过去。

几个师兄弟没敢说话，皱着脸眼巴巴地看着时父做完这一切匆匆离开。

几个师兄弟保持着顶碗动作的身体已经开始轻微晃动，时父却依然不见踪影。

“师父到底干吗去了……”最小的师弟颤声用力眨眼挤开眼角的汗水。

“不知道……”同样竭力的声音，拼命向后仰头想把已经下垂的肩膀拉起来。

“等张衍回来我一定要好好削他……”脑海里已经浮现起张衍被揍得求饶的画面。

“对！谁叫他让咱们看他比赛的……”

“就是！谁要看他啊！要看也是看师妹啊！”

“……”

休息室里，时父暗戳戳地留意着室外的一举一动，挠着头不停地换台，嘟囔着：“刚才明明看他们已经调到了，怎么才一会儿就没有了呢？”

……

而在比赛场上的张衍并不知道自己已经被师兄弟在脑海里鞭挞千百遍，他此刻正打着电话对着观众席上不停地找。

“你们在哪儿呢……我在舞台右边……你们也在右边啊……那你们到最前面来……嗯，杳杳也在……对，我们马上就要上场了……”他压下心中的紧张忐忑，不一会儿他的背后传来一声稚嫩的喊声。

“哥哥，张衍哥哥！”

张衍回过头的时候，一张小胖脸挤进视线，紧随其后的是挂着笑的父母。

“豆芽这么大了啊！你这体型可不称这个名字啊！”张衍取笑挂在自己身上的小胖子。

“他非闹着要来看你，不带他来他还哭。”张母笑呵呵地看着儿子，眼睛里满是想念。

“爸、妈。”

“叔叔阿姨。”时杳杳跟着打了招呼。

一阵寒暄之后，马上就要到他们上场，张衍跟他们暂时告别，张母抓紧栏杆给他鼓劲：“阿衍要加油啊！阿衍一定能拿第一！”

“哥哥加油！哥哥加油！”

软软糯糯的声音令他眼眶发酸。

谷胥临近秋澜，川流不息的马路上人来人往，一个骨瘦如柴的男人悄悄地尾随在一个珠光宝气的女人身后，那双黯淡鬼祟的眼睛里警惕地睨着四周。

这个男人就是彦父。

晕倒之后，他被脸上的温热触感惊醒的时候，他先是察觉到浑身酸软使不上力气，稍稍偏头就看到彦使楚在一边认真洗帕子的背影。他一时有些反应不过来，他定定地盯着这个儿子，直到彦使楚抖开帕子转过身来，鬼使神差之下，他立刻闭上眼睛继续装晕。

蒸腾的热气覆盖在他的脸上，他感受着脸上小心翼翼的轻柔力道，他听到开门又关门的声音，听到低低的对话声，听到有什么摆在矮桌上窸窸窣窣的声音，感受到盖在身上的被子被轻轻拢好的动作……

直到房里的动静平息很久，直到外面也悄无声息，他终于慢慢睁开眼。

床边的矮桌上有一盅汤，他撑着手打开瓦罐，清亮的油花漂浮在泛着金黄的汤面，一股清香裹着腾腾热气扑面而来，正打算放下盅盖的时候瞥见一边的纸片。

——保重身体。

彦父愣了愣，那些被他刻意深埋的记忆躁动不安地迸发涌进脑海。

他工作早出晚归，和儿子交流极少，他每天回家的时候就能看见许多这样的字条：

——爸爸，今天考试我得了全班第一，妈妈说爸爸工作很辛苦，我也要努力！

——妈妈今天有夸我，我也很听话，听妈妈说爸爸最近心情不好，爸爸不要烦，每天都要开心哦！

——爸爸，你骂妈妈的时候，我很害怕，不要生气了，好不好？

……

是从什么时候，开始没有了？好像是失业后，他开始没日没夜喝酒的时候；又好像是他迷上赌博在赌桌上纸醉金迷的时候；抑或是好像是儿子瑟缩在角落看着自己暴躁砸东西泄愤的时候……

他揪紧头发努力回忆，他感觉到长期酗酒使他的脑袋有些麻木。

他记不真切……

但是回忆里的触目惊心，他的指尖发颤，碰到桌边的汤盅盖。

“骨碌碌——”

“啪——”

碎裂的瓷片上水珠顺着锋利的裂口滴在地上。

像极了每次醉酒的闹剧平息后，他们母子俩的眼泪滴在地上的轮廓。

他再一次离开了家，脑袋里一团乱麻，他买了最近的票离开了秋澜，来到了谷胥。他睁着红彤彤的眼不敢睡觉，好像闭上眼身后的洪水猛兽就会张开满是獠牙的嘴将他吞没。

是怎么变成这样子的？

好多年前，他不顾哭得涕泪横流的妻子，拿了家里仅剩的钱离开家，那时候还做着背水一战然后功成名就后衣锦还乡的美梦，他还发誓要让那些看不起他的人刮目相看……

而实际上，他没有信仰、没有方向、没有谋生的本事，有的只是苟且活着的本能。他在城市黑暗的角落里流浪，见识了盛开在黑夜里的火焰，那火焰没有温度，只有靠近了才能够感受到，像是冰山一样的冷冽。

那火焰只绽放在阳光照不到的角落，钱花完了他开始在街上流浪，他不知道流浪的背后是堕落的深渊……

而现在，他又回到那种日子。

在他胡思乱想的时候，他一直跟着的那个女人已经离他有些距离，他摇摇头连忙跟上。

这是一个很繁华的购物广场，入口的上方有一块很大的液晶屏幕，现在正放着什么采访息，有许多人停下脚步观看。

“恭喜你们在这次的比赛拿了冠军，真的很不容易啊，那你们有什么感想想和现场以及电视机前的观众朋友分享的呢？”

话筒传递到最边上的男孩手上，他直直地盯着前方脸都红了，犹豫半晌：“什么都可以说吗？”

主持人笑了：“当然了，你有什么感想都可以跟大家分享……”

“我的感想是，终于不用跑操场了……”

主持人追问为什么这么说，但是他怎么都不再开口急匆匆地摇头，把话筒递给了身边的女孩。

那女孩却是苦着一张脸：“我不想一个人吃饭……”

……

话筒一个个地传递，有十分正经地感谢家人、学校、老师、同学的，有说段子逗闷的，还有冷着脸一言不发的，最后有一个大男生还不等上一个说完就要抢话筒，他拿起话筒，深呼吸大声喊：“爸爸妈妈，我爱你们！”

场上爆发出哄笑……

彦父没有理会这些，悄悄站在一个驻足观看的人身边，手向着他搭在身侧的背包伸去。

“在这个世界上，早晨的太阳和下午的太阳是截然相反的轨迹，那些待在寒冷潮湿角落里的人，不要放弃，再等一等……”彦父听见这熟悉的声音愣了愣，咻地抬起头，彦使楚的脸被放大映在屏幕上。

“也许会迟到。”

彦父看着屏幕上腼腆微笑的彦使楚，眼眶濡湿。

“但是，你要相信，总会有那么一些人，把你从黑暗中拉出来，沐浴在阳光下。”

他仰着头，身边人来人往，屏幕里画面转换，他就像广场上的雕像一样沉默着杵在原地。

来来往往的人，路过这个衣着褴褛的人的时候，皆是惊奇地盯着他仰着头无声流着眼泪的样子，然后沉默地走开。

屏幕上的采访还在继续。

“那么作为队长，你有什么想说的呢？”

女孩的脸庞白净，眼神璀璨，紧抿着嘴角也压不住笑意。

“我想要和一直一起奋斗的队友，还有我的教练说一声谢谢，是你们让我理解了什么叫作团队，也是我们共同奋斗才获得了今天的成绩，我很庆幸认识了你们，训练很辛苦……但是还好我们没有放弃……”

我们始终要感谢那些陪伴你、促使你成长的人。

是他们让你更加坚定、坚强地活在这个世界上。

他们让你有了方向，兜兜转转终于到达彼岸。

青 春 时 代|纯 美 校 园|有 你 非 常 甜

小花阅读【初恋有点甜】系列介绍

FLORET
READING

《喂，给你我的小心心》

子非鱼　著

小透明作者 & 小说里的霸道男主|鸡飞狗跳的同居爱情

内容简读：

苏檬是个沉迷玛丽苏的小透明作者。某天，她小说里的霸道总裁慕司琛突然掉进了她家，对她各种使唤，于是苏檬开启了暗戳戳改设定的道路……

妖孽？

“檬檬……”慕司琛尾音婉转流连，迈着优雅的猫步走过来，在离她一步远的地方停住，伸手就开始宽衣解带。

冷酷？

慕司琛一个一个扣上自己衬衣的纽扣，眸中满是冷冽的光：“我会对你负责的，但前提是，你要做好你的分内之事，否则你就滚出我家！”

可爱？

他一双泛着水色的眼睛眨呀眨，嘟着嘴巴，双手食指指尖对了几下，萌得人心都化了，像个……大龄智障儿童。

Excuse me？

算了，不改了不改了……总归是自己写出来的男主啊……

《嘿！今天也请全力以赴》

南风北至 著

啦啦队赛场上的张扬青春|
高燃竞技|高甜初恋

内容简读：

也许你拥有的是和丁若莹一样卑微的青春，要将自己全身心扎进书堆里，去改变残破的命运。

也许你是陆晚嫦，人前是令人艳羡的高傲公主，人后是故作强大的孤孤单单的游魂。

又或许你是萧林疏和时杳杳，想被一个人看见，便用尽全力证明自己，固执坚强，不达目的誓不罢休。

我们青春呢，大概就是这个样子吧。在不具备喜欢一个人的条件时义无反顾，在不具备抵达成功的实力时不遗余力，直到终于成为足以与你并肩的自己。

嘿，亲爱的姑娘，今天也要全力以赴呀。

《奔向他的甜蜜心事》

九歌 著

蜜语攻势＋卖萌耍贱＋死皮赖脸＝搞定我的小青梅

内容简读：

在学校的日子，有点闷，有点燥，连绵不绝的蝉鸣声混在激昂的国歌中都显喧闹。

所有同学都知道，暮瑟的身边，有一个强大的青梅竹马小跟班。

清晨他们一起坐车上学，中午他顶着烈日给她送饭，放学带来冰镇酸奶水果，时不时翻墙跑来看看她，有时呼朋唤友，扛着大桶的冰矿泉水和凉茶，替暮瑟班级忙上忙下……

苏峦青这个名字，贯穿了她青春里的每一天。他处处罩着她，处处宠着她，处处护着她。全学校的人都抓着他俩不放：“你们是在谈恋爱吧？！”

年少时的心事是那么简单，不过是一个人想以种种借口，一点一点靠近另一个人罢了。

这些别扭而又明目张胆的举动都在为藏不住的喜欢做无声的宣昭。

他的好和着夏日里微醺的阳光，“砰”地晒进她的心房。原来呀，有些人一旦沾上了便再也戒不掉。

——小花阅读年度推介——

《摸摸头，别哭了》

作者狸子小姐治愈系都市力作，
精彩堪比《欢乐颂》！

这世界算不上美好，幸好有你，轻点鼻尖儿，摸摸我的头。

心动片段欣赏：❤❤❤❤❤

江州，霓虹闪烁，人头攒动。四个初入职场的好闺蜜在这座欣欣向荣的城市里，追寻着似乎触手可及的事业、爱情和梦想。

集美貌、事业于一身的女总裁尹素素，拥有从校服到婚纱般完美爱情却恐婚的乐遥，牢笼中不断犹疑的家庭主妇何珊，美过万千少女的微商王子严新觉。

他们相互碰撞，彼此依偎，曾在黑夜里寂静哭泣，也终会因爱痊愈……

Sweet love

厚脸皮海归公子哥 & 强势总裁未婚妻

{会要开，合作要继续，我们的婚约，也得跟进！}

——“没人求着你非要娶我！”
——“看来有件事我需要说明一下。你，尹素素，将是我接下来很长一段时间的主要工作。”

欢迎进入**大鱼官方淘宝店**，直接购买
2018 满屏惊喜藏不住，多重好礼送不停！

惊喜一：大鱼文化所有图书上市第一时间，编辑部直发。

惊喜二：签名本随机掉落，预售更有责编、作者精心挑选的超值礼物，送完为止。

惊喜三：每周末都有赠书活动，新书折扣优惠大量放送。

图书在版编目（CIP）数据

嘿！今天也请全力以赴 / 南风北至著. -- 南昌 :
百花洲文艺出版社, 2018.4
ISBN 978-7-5500-2789-3

Ⅰ. ①嘿… Ⅱ. ①南… Ⅲ. ①长篇小说 - 中国 - 当代
Ⅳ. ①I247.5

中国版本图书馆CIP数据核字(2018)第066864号

出 版 者　百花洲文艺出版社
社　　址　江西省南昌市红谷滩世贸路898号博能中心A座20楼　邮编：330038
电　　话　0791-86895108（发行热线）　0791-86894790（编辑热线）
网　　址　http://www.bhzwy.com
E-mail　bhzwy0791@163.com

书　　名　嘿！今天也请全力以赴
作　　者　南风北至
出 版 人　姚雪雪
责任编辑　王俊琴
特约编辑　雪　人　采　薇
封面设计　刘　艳
内页设计　孙欣瑞
特约绘制　顾小屿
经　　销　全国新华书店
印　　刷　长沙鸿发印务实业有限公司
开　　本　880mm×1230mm　1/32
印　　张　9.125
字　　数　193千字
版　　次　2018年5月第1版
印　　次　2018年5月第1次印刷
书　　号　ISBN 978-7-5500-2789-3
定　　价　35.80元

赣版权登字：05-2018-171